ANIMORPHS™

Sie werden dich verändern

Sogar das Buch morpht!
Seiten schnell über
den Daumen durchblättern!

ANIMORPHS™

DER BESUCHER

K.A. Applegate

Deutsch von Christoph Arndt

Ravensburger Buchverlag

Für Michael

Die Deutsche Bibliothek – CIP-Einheitsaufnahme

Applegate, Katherine:
Animorphs: sie werden dich verändern / K.A. Applegate.
Dt. von Christoph Arndt. –
Ravensburg: Ravensburger Buchverl.
Der Besucher. – 1998
ISBN 3-473-34852-X

4 3 2 1 01 00 99 98

Printed in Germany

ISBN 3-473-34852-X

KAPITEL 1

Ich heiße Rachel. Meinen Nachnamen verrate ich euch nicht. Keinem von uns würde das je einfallen. Wann immer ich einen Nachnamen verwende, ist er erfunden. Tut mir Leid, aber es geht nicht anders. Wir werden euch auch nicht sagen, wie unsere Stadt oder unsere Schule heißt und auch nicht, in welchem Staat der USA wir leben. Wenn ich euch meinen Nachnamen sage, könnten die Yirks meine Freunde und mich finden. Und wenn sie uns je fänden, wäre alles zu Ende.

Vielleicht bringen sie uns um. Oder noch schlimmer.

Ja, es gibt tatsächlich noch etwas Schlimmeres als den Tod. Ich habe es selbst gesehen. Ich habe die verzweifelten Schreie der Leute gehört, die dazu verdammt sind, Sklaven der Yirks zu sein. Ich habe miterlebt, wie die ekelhaften grauen Schnecken sich durch die Ohren hineinschlängeln und das übernehmen, was bis dahin ein freier Mensch war.

Wir sind nur zu fünft: Jake, Cassie, Marco, Tobias und ich. Marco kam eines Tages mit dem Namensvorschlag Animorphs für uns rüber. Ich finde, der Name passt gar nicht so schlecht.

Die meiste Zeit fühle ich mich noch immer als normale Jugendliche.

Aber ich denke mal, normale Kids verwandeln sich nicht in Elefanten oder Weißkopfseeadler. Normale Kids verbringen ihre Freizeit nicht damit, die Welt vor einem Albtraum namens Yirks zu retten. Und normale Kids machen keine gemeinsamen Ausflüge – als Raubvögel.

An jenem Tag schien die Sonne. Sie wärmte die Erde unter uns. Warme Luft stieg in einer unsichtbaren Blase auf – eine Thermik. Sanft drückte die Thermik von unten gegen unsere Flügel, und wir kreisten höher und immer höher, bis es fast schien, als sei der Weltraum zum Greifen nahe.

Irgendwo da oben im kalten Weltall befand sich das Mutterschiff der Yirks auf seiner Umlaufbahn. Vielleicht direkt über unseren Köpfen.

Die Yirks sind Schmarotzer. In ihrer natürlichen Gestalt sind es bloß große Nacktschnecken, die in einem schlammigen Tümpel leben, dem so genannten Yirkpool. Aber die Yirks haben die Macht, fremde Körper zu übernehmen. Sie haben viele Rassen in der gesamten Galaxie versklavt – die Taxxons, die Hork-Bajirs und andere. Jetzt waren sie auf der Erde gelandet und suchten nach neuen Körpern, die sie kontrollieren konnten.

Wer sollte versuchen, sie aufzuhalten? Gut, draußen im All gab es die Andaliten. Doch die Andaliten waren weit weg, und es würde lange dauern, bis sie zur Rettung der Menschheit auf die Erde kämen.

Auf der Erde wusste keiner von den Yirks. Niemand bis auf fünf Kids, die gerade ihren Spaß daran hatten, sich als Vögel von den Thermiken in die Höhe tragen zu lassen.

Ich sah zu meinen Freunden hinüber. Manche kreisten etwas weiter unten, einige höher oben. Jake schlug etwas stärker mit den Flügeln als wir anderen. Er hatte sich in einen Falken gemorpht. Falken sind keine so guten Gleiter wie Bussarde oder Adler.

Tobias war der eleganteste Flieger. Zum Teil lag dies daran, dass Rotschwanzbussarde von Natur aus Akrobaten sind. Und dann hatte Tobias ja auch viel mehr Flugpraxis als wir anderen.

Leider zu viel.

<Okay, Tobias, du hattest Recht. Das ist echt das Coolste, was es gibt>, sagte ich.

<Willst du mal ’nen Sturzflug probieren? Ist wirklich erstaunlich>, sagte er.

Ich war mir nicht ganz sicher, ob ich das wollte, aber was konnte ich schon drauf erwidern? In der Regel gehe ich Herausforderungen nicht aus dem Weg. Also sagte ich: <Klaro.>

Tobias legte die Flügel an und jagte wie eine Gewehrkugel auf die Erde zu.

Auch ich zog die Flügel an meinen Körper heran und kippte senkrecht nach vorn.

Die Erde kam auf mich zugeschossen.

Ich stürzte in die Tiefe, und nichts schien verhindern zu können, dass ich geradewegs am Boden zerschellte!

Wir sausten mit hundert Stundenkilometern auf die Erde zu, so schnell wie ein Auto. Mit hundert Sachen pfeilgrad abwärts.

Natürlich hatte ich Angst, aber es war auch verdammt cool.

Vergesst Surfen, Kinder. Vergesst Skatebordfahren. Vergesst eure Snowbords. Wer noch nie auf einer Thermik zwei Kilometer in die Höhe getragen wurde und dann mit Höchstgeschwindigkeit wie ein Stein in die Tiefe gestürzt ist, der weiß nicht, was ein Kick ist.

Die Luft schoss vorbei, als wenn man im Auto bei vollem Tempo die Scheibe runterkurbelt. Man fühlte sich mitten wie in einem Hurrikan. Die Vorderkanten meiner Flügel vibrierten von der Wucht des Luftstroms. Ich spürte, wie mein Schwanz dutzende kleiner Korrekturen vornahm, indem er eine einzelne Feder bald in diese, bald in jene Richtung bewegte, um mich auf geradem Kurs zu halten. Aber eine falsche Bewegung, und ich wäre hoffnungslos ins Trudeln geraten. Ich hatte jedenfalls Angst, mir bei diesem Tempo einen Flügel zu brechen. Ein gebrochener Flügel in solch großer Höhe war ein Todesurteil.

<Tobias! Ich hab gerade was festgestellt.>

<Was?>

<Das ist anders, als wenn man ein Elefant ist. Wenn es da Probleme gab, konnte ich mich in meinen menschlichen Körper zurückmorphen. Aber hier bin ich hoch oben. Würde ich mich jetzt in Menschengestalt zurückmorphen ...> Ich beendete den Satz nicht. Aber ich hatte

plötzlich diese Vision von mir, von meinem *wirklichen* Ich, Rachel, die wie ein Stein auf die harte Erde zurast.

Ich glaube, Tobias konnte die Angst fühlen, die sich in mir aufbaute.

<Überlass dem Adler das Fliegen>, riet Tobias. <Entspanne dich und überlass das Denken seinem Verstand. Er weiß, was er tut.>

<Gut, dass es wenigstens einer von uns weiß>, sagte ich nervös. Das ist schon komisch, so als Morph. Zusätzlich zum eigenen Gehirn hat man noch das des Tieres. In der Regel kann man diese tierische Intelligenz kontrollieren. Aber nicht immer. Und manchmal muss man lernen, loszulassen und dem Tier die Kontrolle zu übergeben.

Ich entspannte mich. Sofort nahmen die Vibrationen ab. Ich spürte eine größere Stabilität. Der Adler hatte das Kommando, und Tobias sollte Recht behalten: Er *konnte* fliegen.

Dann sah ich zu meinem Erstaunen etwas direkt an uns vorbeizischen, schneller als Tobias oder ich. Es war Jake. Als Wanderfalke hatte er mit seinen kleineren Schwingen mehr Mühe, sich von den Thermiken tragen zu lassen. Dieselben Flügel machten ihn jedoch im Sturzflug unglaublich schnell. Es sah fast so aus, als ob Tobias und ich in der Luft stünden.

<Ju-huuuh!>, gellte Jakes Freudenschrei in unseren Köpfen.

Ich hätte gelächelt, wenn ich einen Mund gehabt hätte. Jake ist wie ich. Er steht auf Spannung und Abenteuer und

ist gern ein bisschen verrückt. Vielleicht sind wir uns so ähnlich, weil wir Vetter und Kusine sind.

Außerdem sind wir schon so was wie Konkurrenten, finde ich.

Es störte mich, dass er im Sturzflug schneller war als ich. So wie es ihn wurmte, dass ich besser gleiten konnte. Klingt lächerlich, oder?

Zzzziiinnnngggg!

Irgendwas flog dicht an meinem Kopf vorbei.

<Hast du das gehört?>, fragte Tobias.

<Ja, klar>, sagte ich. <Was war das?>

<Ich weiß nicht.>

Instinktiv brach ich den Sturzflug ab und spannte jeden Flügelmuskel an, als ich meine Schwingen ausbreitete. Ich spürte die Wucht des Windwiderstands wie den Ruck beim Öffnen eines Fallschirms.

Die anderen folgten mir. Wir waren immer noch ein paar hundert Meter in der Luft, aber dem Boden viel näher als vorher.

Zzzziiinnnngggg!

Ich fühlte, wie etwas meine Schwanzfedern glatt durchschlug.

<He, da unten schießt jemand auf uns!>, rief ich.

<Ich kann sie sehen>, sagte Cassie. Sie war mit Marco zu uns gestoßen. Beide hatten sich in Fischadler gemorpht. Es war schwer, sie auseinander zu halten, weil Gedankensprache nur schwer zu orten ist. <Zwei Typen, da drüben im Wald. Sie haben ein Gewehr.>

<Das darf doch nicht wahr sein!> Ich war völlig außer mir. <Ich bin eine bedrohte Art. Ich bin ein Weißkopfseeadler! Sind diese Idioten denn total verblödet?>

<Achtung, er lädt nach>, berichtete Marco. <Jetzt sehe ich, wie er anlegt.>

<Sobald ihr den Mündungsblitz seht, schwenkt ihr hart nach rechts ab!>, schrie ich.

Ein gewöhnlicher Adler oder Bussard oder Falke hätte das nicht planen können. Aber wir waren nicht bloß Greifvögel. Wir hatten nach wie vor unsere menschliche Intelligenz. Manchmal ist es besser, dem Tier die Kontrolle zu überlassen. Und manchmal kommt einem die überlegene menschliche Intelligenz sehr zu Hilfe.

<Jetzt! Sie feuern!>, schrie Jake.

Sofort drehte ich hart nach rechts ab. Die Kugel zischte vorbei. Glück gehabt!

<Weißt du was? Ich kann diese Typen nicht ausstehen>, sagte Tobias.

Tobias hat seine besonderen Gründe, warum er jeden hasst, der auf Vögel schießt.

<Ich auch nicht>, pflichtete ich ihm bei. <Ich hab eine Idee.>

Nachdem wir fünf uns zunächst außer Reichweite der Schützen begeben hatten, erklärte ich den anderen, was ich vorhatte. Dann gingen wir zum Steilflug über. Tiefer, tiefer, immer schneller rasten wir auf die Bäume zu.

Mir hatte schon der Sturzflug aus großer Höhe Angst eingejagt. Dachte ich. Jetzt folgte die Wiederholung in

geringerer Höhe, und wir schossen direkt auf die Bäume zu. Das war eine völlig neue Erfahrung von Angst. Mit meinen Adleraugen konnte ich die Rinde der Bäume erkennen. Ich sah Ameisen auf der Rinde krabbeln, als stünden diese Bäume direkt vor uns.

Hoffentlich wusste der Adler, wann er den Sturzflug abbrechen musste. Wenn ich mit hundert Sachen gegen einen der Bäume knallte, war ich Matsch.

Nach dem Vorbild einer perfekten Kunstflugstaffel öffneten wir dann in genau dem richtigen Sekundenbruchteil unsere Flügel und rauschten durch die Baumkronen.

Unglaublich!

<*Ah-haaaah!*>, hörte ich Marco rufen. <Ich weiß nicht – ist das jetzt noch Spaß oder einfach schon Wahnsinn?>

Mir kam es wie irgendein abgefahrener Videospiel-Albtraum vor.

Wir hatten unser Tempo kaum verlangsamt und sausten nun so schnell zwischen den Bäumen hindurch, dass wir ihre Stämme rings um uns her nur als ein verschwommenes Braun wahrnahmen.

Baum! Kurve nach links.

Baum! Kurve nach rechts.

Baum! Dutzende von Federn nahmen kleinste Kurskorrekturen vor. Die Muskeln in meinen Flügeln verstellten den Angriffswinkel millimeterweise vor und zurück.

Baum! Baum! Baumbaumbaumbaumbaum!

<*Jaaaaaaaa!*>, schrie ich, halb vor Angst, halb von dem völlig außer Kontrolle geratenen Kick dieser Eindrücke.

Rein und raus. Außenrum und mittendurch. Wusch. *WUSCH!*

Plötzlich waren sie da, gleich vor uns auf einer Lichtung. Zwei halbwüchsige Fieslinge, die auf der Pritsche eines Lieferwagens saßen. Einer der Burschen hatte einen blonden Pferdeschwanz.

Der andere trug eine Baseballkappe. Sie waren noch hundert Meter von uns weg, also etwa so weit, wie ein Fußballfeld lang ist, aber meine Adleraugen waren so scharf, dass ich ihre Wimpernschläge zählen konnte.

Der Typ mit dem Pferdeschwanz hatte das Gewehr bei sich. Der andere trank gerade ein Bier. Sie suchten noch immer den Himmel nach uns ab.

He, ihr Schwachköpfe!, dachte ich, während wir auf sie zurasten. Wir sind nicht mehr da oben. Wir sind hier …

in …

eurem …

GESICHT!

KAPITEL 2

Es blieb ihnen nicht mal genug Zeit, um überrascht zu schauen, bevor wir zuschlugen.

Als Weißkopfseeadler war ich der Größte von uns fünfen und konnte die schwerste Last tragen.

Ich streckte meine Krallen nach vorn und öffnete sie weit.

„Zzziiieeer!“

Tobias’ Bussard stieß einen schrillen Schrei aus.

Meine Fänge trafen den Gewehrlauf und packten ihn.

Tobias schlug dem Kerl mit dem Pferdeschwanz seine Klauen ins Gesicht. Der Typ schrie auf vor Schmerz und Erstaunen und ließ das Gewehr los.

„He!“, schrie der zweite Bursche.

Wusch! Weg war ich mit dem Gewehr in meinen Fängen.

Mit dem zusätzlichen Gewicht des Gewehrs musste ich mich ordentlich anstrengen, um wieder Höhe zu gewinnen.

„Der Vogel hat dein Gewehr, Chester! Und der andere da hat mein Bier gestohlen!“

Ich schaute zu Marco hinüber. Zumindest dachte ich, es sei Marco. In seinen Klauen hielt er die halb verbeulte Bierdose.

<Die sind noch viel zu jung zum Trinken>, sagte Marco in seinem väterlichsten Tonfall.

Unten hörte ich den Pferdeschwanztyp rummotzen. „Das gibt's nicht. Kein Vogel darf mir mein Gewehr einfach so wegnehmen."

Ich erwischte eine leichte Brise und gewann gerade so viel Höhe, um über die Bäume zu kommen. Aber es war verdammt schwer. Meine Flügel schlugen die unbewegte Waldluft und trugen mich kaum höher. Ich streifte den Wipfel einer großen Kiefer und ließ den Wald hinter mir. Noch immer heftig mit den Flügeln schlagend, schaffte ich es mit meiner schweren Last bis zur Küste und überflog die niedrigen Klippen.

Da waren sie, die gesegneten Aufwinde. Sie trugen mich in die Höhe, weit hinaus über das Wasser. Ich entspannte mich und ließ mich von dem warmen Wind höher tragen.

Ungefähr anderthalb Kilometer vor der Küste ließ ich das Gewehr ins Meer fallen. Ich sagte mir, dass jemand, der auf einen Weißkopfseeadler schoss, kein Gewehr brauchte. Später ließ Marco die Bierdose mit erstaunlicher Präzision genau in einen Abfallkorb plumpsen. Er sah so stolz aus, als hätte er gerade den Siegkorb im NBA-Meisterschaftsfinale geworfen.

<Jetzt sind bald zwei Stunden rum>, warnte uns Cassie, als wir träge auf die Küste zuhielten.

Zwei Stunden ist das Zeitlimit. Bleibt man länger als zwei Stunden gemorpht, ist man gefangen.

Für immer.

Nicht weit von der Küste steht eine alte, baufällige Kirche, die nicht mehr benutzt wird. Sie hat einen Glockenturm, der allerdings leer ist. Dorthin flogen wir. Von dort waren wir auch aufgebrochen. Unsere Kleider und Schuhe lagen noch immer da.

Vier Paar Schuhe für uns fünf.

Noch in ihrer Gestalt als Fischadler, schaute Cassie auf ihre am Boden liegende Armbanduhr. <Gut. Anderthalb Stunden. Wir sollten versuchen, nie eineinhalb Stunden zu überschreiten.>

Wir begannen uns in unsere Menschenkörper zurückzumorphen.

Das Morphen verlangt Konzentration. Die Verwandlung vom Menschen zum Tier ist schwieriger. Da muss man sich wirklich konzentrieren. Zurück in Menschengestalt geht es leichter.

Ich konzentrierte mich auf mein menschliches Selbst. In Gedanken stellte ich mir mein Äußeres vor – groß, schlank, mit schulterlangen blonden Haaren. Vor allem konzentrierte ich mich auf die Haare, denn mir gefiel mein letzter Haarschnitt nicht. Er war unten herum ungleichmäßig.

Nicht, dass es eine Rolle spielte. Ich wünschte bloß, ich könnte beim Morphen was an meinen Haaren ändern. Leider funktioniert so das Morphen nicht.

Die Veränderungen begannen schnell. Mein Gefieder fing an zu schmelzen. Die Federn liefen ineinander wie heißes Wachs. An manchen Stellen, wo meine Haut wieder zum Vorschein kam, hatte sie für einige Sekunden diese schöne Federzeichnung.

Mein gelber Schnabel schlüpfte in meinen Mund zurück und wurde zu weißen Zähnen. Dabei juckte es irgendwie. Ich verspürte den Wunsch, ein Paar mal mit den Zähnen zu knirschen.

Um die Zähne herum formten sich meine Lippen. Meine Augenfarbe wechselte von blassgolden zum normalen Blauton. Meine Beine wuchsen ganz enorm, von knappen zehn Zentimetern bis zu ihrer Normalgröße.

Ich schaute zu Jake rüber und sah, wie auch bei ihm die gleichen Dinge passierten. Lasst mich euch eins sagen – jemandem beim Morphen zuzusehen, ist kein schöner Anblick. Normalerweise bekäme man davon grässliche Albträume, wenn man nicht wüsste, dass es so in Ordnung ist.

Wenn Cassie morpht, tut sie es immer irgendwie artistisch. Wenn sie sich zum Beispiel in ein Pferd verwandelt, tut sie es so, dass es nicht völlig durchgeknallt aussieht – sie ist ein Naturtalent beim Morphen. Falls es so was gibt. Der Rest von uns lässt es einfach so geschehen, wie es eben passiert. Die Ergebnisse können ganz schön beunruhigend sein.

Ich sah Marco zufällig in dem Moment, als seine behaarten Jungenbeine aus diesem kleinen Vogelkörper herauswuchsen, und ich heulte auf.

„Hou, gu schiegt aug niggt so gut aus, Rachel.“

Sein Mund morphte sich selbst beim Sprechen weiter. Deshalb kamen die ersten Worte verstümmelt, während die letzten normal klangen. Vermutlich wollte er sagen „Hey, du siehst auch nicht so gut aus, Rachel.“ Wahrscheinlich hatte er Recht. Wie gut, dass ich keinen Spiegel zur Hand hatte.

Meine Zunge schwoll mir im Mund an. Meine Sehkraft ließ erschreckend nach. Der Verstand des Adlers löste sich auf, und ich war wieder allein in meinem Kopf. Aus meinen Flügeln wurden Arme, aus meinen Krallen Zehen. Aus den schuppigen gelben Adlerbeinen wurden meine eigenen Beine, nur waren sie anfangs noch ganz von Schuppen besetzt.

„Sehen nett aus, deine Hühnerbeine“, sagte Marco. „Gibt's die auch in extra knusprig?“

Lächelnd sah ich ihn an. „Du brauchst gar nicht so rumzutönen, Marco.“ Ich zeigte auf den Boden. Siehe da, seine Beine hatten sich zurückverwandelt, doch statt Füßen hatte er noch immer riesige Fischadlerklauen.

Mit meiner Haut erschien auch mein Morphing-Outfit wieder. Nach einigen Versuchen hatten wir es zum Glück alle drauf, mitsamt einer sehr spärlichen Bekleidung zu morphen – meist nicht mehr als hautenge Trainingsklamotten oder Gymnastikanzüge. Darin hätte man zwar nicht auf der Straße herumlaufen können, aber es verhinderte, dass wir alle vor Scham im Boden versanken, wenn wir voreinander morphten.

Ich musterte meine Freunde. Sie waren fast wieder normal. Nur einige wenige Hinweise verrieten, dass sie eine Minute zuvor noch Vögel gewesen waren.

Jake ist so 'n großer, kräftig aussehender Junge mit braunen Haaren und ernsten, dunklen Augen – im Moment jedoch leuchteten seine Augen vor Erregung. Gemorpht zu sein, ist manchmal total abgefahren. Jake war mal eine Echse, und er hat noch immer nicht überwunden, dass er damals eine lebendige Spinne verspeist hat. Als Falke hat's ihm aber offenbar gut gefallen, denn er quasselte pausenlos, wie toll das war.

„Das war so absolut!", sagte er. „Dagegen komme ich mir jetzt als Mensch richtig behindert oder so vor. Ich habe das Gefühl, am Boden zu kleben."

„Und blind zu sein", ergänzte Cassie. „Menschenaugen sind so lahm, wenn man weit entfernte Dinge sehen will."

Grinsend breitete sie die Schwingen aus. Sie hatte es geschafft, ihre Flügel bis ganz zum Schluss zu behalten. Jetzt sah sie wie irgendein seltsamer Engel aus. Kurioserweise stand ihr dieser Look. Die grauweißen Flügel des Fischadlers mit ihren anderthalb Metern Spannweite waren unglaublich cool.

„Meinst du, du könntest damit fliegen?", fragte Jake ein wenig verdattert.

Cassie lachte. „Nein, Jake. Ich wiege rund 35 Kilo. Ein solches Gewicht können diese Flügel nicht tragen."

In etwa drei Sekunden morphte sie ihre Flügel zu Armen und lachte ausgelassen.

Marco schüttelte den Kopf. „Toll. Wenn wir morphen, sehen wir aus wie ein völlig abgestürztes gentechnisches Experiment von irgendeinem verrückten Wissenschaftler. Und Cassie schafft es, dabei wie ein Engel auszusehen."

Cassie und ich sind schon seit langem befreundet. Wenn man uns allerdings zusammen sieht, würde man nicht glauben, dass wir gemeinsam rumhängen. Cassie ist lässig bis zum Gehtnichtmehr. Das Mädchen kümmert sich einfach nicht um Mode oder Stil. Ich schwör's, sie würde selbst bei einer Hochzeit im Overall aufkreuzen, wenn sie niemand aufhalten würde.

Cassie lebt auf einer Farm, und ihre ganze Familie hat einen ausgeprägten Tierfimmel. In der Scheune hat ihr Vater eine Tierpflegeklinik eingerichtet, so eine Art Krankenhaus für verletzte Tiere. Dort sind immer jede Menge Vögel und Stinktiere und Opossums und Kojoten und sonst was für Viecher.

Cassies Mutter ist ebenfalls Tierärztin. Sie arbeitet in den Gardens, diesem großen Zoo und Freizeitpark. Vielleicht wurde Cassie also der Instinkt, Tiere zu verstehen, mit in die Wiege gelegt. Ich weiß nur, dass sie immer schon mit Morphen fertig ist, während wir anderen noch wie unheimliche Monster halb Mensch, halb Tier aussehen.

Was mich betrifft, na ja … Es ist nicht so, dass ich eine Modepuppe wäre oder so was, aber ich stehe auf schicke Klamotten. Vermutlich halten mich viele Leute deshalb und wegen meines Aussehens für hochnäsig oder so. Für mich ist das jedoch bloß Zufall, versteht ihr? Aufs Aussehen kommt es nicht an. Es zählt, was man im Kopf hat, und darauf konzentriere ich mich.

Das ist noch so ein Punkt, wo Cassie und ich ziemlich verschieden sind. Wahrscheinlich würde sie sagen: „Nein, es zählt, was man im Herzen hat.“ Sie ist ein natürlicher Friedensstifter. Wenn es Streit innerhalb der Gruppe gibt, dann fangen gewöhnlich Marco und ich damit an, und Cassie ist diejenige, die uns alle wieder versöhnt.

„Ich bin jedenfalls froh, wieder in meinem gewohnten Körper zurück zu sein“, sagte Marco. „Das mit dem Fliegen ist schon ’ne tolle Sache, aber es ist keine angenehme Vorstellung, so gut sehen zu können.“

„Wieso?“, fragte Jake.

„Schau mal, Jake, wie oft bist du schon in der Fußgängerzone oder sonst wo rumgebummelt, und dann siehst du ein Mädchen, das von weitem scheinbar ganz gut aussieht, aber wenn du näher hingehst, stellt sich heraus, dass sie der Horror ist. Ich meine, wenn du die ganze Zeit über so gut sehen könntest …“

„Entschuldigung“, unterbrach ich ihn. „Da hab ich mich doch wohl eben verhört?“

„Das war nicht sexistisch gemeint“, protestierte Marco. „Es funktioniert auch andersrum. Schau mal, von weitem sehe ich auch größer aus, als ich tatsächlich bin.“

Marco ist wegen seiner Größe etwas unsicher. Er hat lange braune Haare und eine dunkle Hautfarbe, und die meisten Mädchen finden ihn echt süß. Aber es stört ihn, dass er zu den Kurzen gehört.

„Dein Problem ist nicht, dass dich die Leute zu gut sehen", sagte ich. „Sondern dass sie dich zu gut hören. Äußerlich *scheinst* du ein ganz netter Typ zu sein. Dann machst du den Mund auf …"

Marco grinste bloß. Er ärgert andere für sein Leben gern. Marco ist äußerst smart und im Grunde nett, trotz allem. Der Junge liebt es halt, Leute zu provozieren.

Marco und Jake sind die dicksten Freunde. Allerdings ist Jake ernsthaft und nachdenklich und versucht immer das Richtige zu tun, während Marco sarkastisch und temperamentvoll ist. Außerdem hegt er die größte Abneigung gegen die Animorphs. Marco meint noch immer, wir sollten den Kampf gegen die Yirks einfach aufgeben und versuchen, am Leben zu bleiben. Bei Marco weiß man aber nie genau, ob er das *wirklich* glaubt oder ob er nur aus Prinzip widerspricht.

„Kommt, wir gehen", sagte Jake. „Ich hab noch Hausaufgaben zu machen."

„Ich auch", sagte ich. „Und ich hab heute Nachmittag Gymnastikstunde und bin überhaupt nicht vorbereitet."

Cassie seufzte. „Das ist echt frustrierend. Die Pflichten im Haushalt, die Schulaufgaben, all das stürzt wieder auf uns ein, kaum dass wir wieder in unserer langweiligen Menschengestalt sind."

Im nächsten Augenblick biss sich Cassie auf die Zunge und schaute mitleidig zu Tobias.

Wisst ihr, wir hatten uns alle damals zurückverwandelt, nur Tobias nicht. Tobias war nach wie vor ein Bussard.

Tobias, der früher einen widerspenstigen Blondschopf gehabt hatte und Augen, die zugleich verletzbar und zärtlich und hoffnungsvoll schienen.

Tobias hatte in der Falle gesessen bei dem Versuch, dem höllischen Albtraum des Yirkpools zu entkommen. Er war länger als zwei Stunden ein Vogel geblieben.

Wir anderen waren alle wieder in unsere Menschengestalt zurückgekehrt, aber Tobias war noch immer ein Bussard.

Und daran wird sich auch nie mehr etwas ändern.

KAPITEL 3

Den Großteil unseres Heimwegs liefen wir gemeinsam. Wir fühlten uns erschöpft. Das Fliegen war schon ermüdend. Und das Morphen strengt einen auch ziemlich an.

Tobias flog hoch über uns. Er beteiligte sich nicht richtig an der Unterhaltung. Für ihn ist es schwer, versteht ihr? Er kann mit uns auf gedanklicher Ebene kommunizieren und wir können ihn verstehen, aber wenn wir in Menschengestalt sind, können wir nur auf normale Art sprechen. Er kann uns nicht hören, außer er ist direkt in unserer Nähe, und er kann nicht gleichzeitig fliegen und uns nahe sein.

„Dieses Morphen wäre so sagenhaft, wenn nur die ganze Sache mit den Yirks nicht wäre“, sagte Marco. „Ich meine, wenn es einfach normal wäre, könnten wir diese Kräfte sinnvoll einsetzen.“

„Um was damit zu tun? Verbrechen bekämpfen?“, fragte Jake.

Marco sah ihn mitleidsvoll und zugleich belustigt an. „Verbrechen bekämpfen? Wer bist du – Spiderman? Ich rede vom Showgeschäft. Filme! TV-Shows! Ich könnte eine ganze Folge der dämlichen Serie *Rudis Tierschau* allein bestreiten."

„Stimmt", sagte ich mit gesenktem Blick, damit er wusste, dass ich nur Spaß machte, „das mit dem dämlich hast du schon gut drauf."

„Wir wären der heißeste Tipp für Horrorfilme", sagte Cassie.

„Oder wie wär's als Stuntmen?", schlug Jake vor. „Wir könnten vom höchsten Wolkenkratzer springen und es wäre total realistisch. Auf dem Weg nach unten morphen wir uns dann einfach in Vögel und fliegen weg."

„Jetzt bin ich aber *echt* sauer auf die Yirks", sagte Marco. „Die kommen mir bei meiner Showbizkarriere in die Quere. Ich könnte Millionen verdienen. Lauter schöne Hollywood-Supermodels würden sich um mich reißen."

„O-ho", sagte ich und zwinkerte Cassie zu. „Viele Frauen lieben Tiere. Doch früher oder später musst du dich in dein wahres Selbst zurückverwandeln, Marco. Und dann – pluff! – sind sie alle weg."

Wir schlenderten über die breite Straße, die an der Baustelle vorbeiführt. Ihr wisst schon, dieses riesige Gelände mit halb fertigen Gebäuden, wo überall rostige Planierraupen und Kräne und Bagger herumstehen. Ursprünglich hätte da mal ein Einkaufszentrum hinkommen sollen, aber aus irgendeinem Grund wurde es nie fertig gestellt.

Wir nahmen nicht die Abkürzung *über* die Baustelle, so wie wir es früher getan hätten. Es war diese Baustelle, auf der wir das beschädigte Raumschiff des Andalitenprinzen

landen sahen. Hier warnte uns der Andalit vor der Verschwörung der Yirks und gab uns unsere besonderen Kräfte.

Und hier wurden wir auch Zeuge, wie Visser Drei, der Anführer der Yirks, den Andalitenprinz tötete. Als einziger der Yirks besitzt Visser Drei die gleiche Macht zu morphen. Visser Drei ist ein Andaliten-Controller, was bedeutet, dass er den Körper eines Andaliten hat. Ein Human-Controller ist ein Yirk mit einem Menschenkörper, und ein Taxxon-Controller ist ein Yirk mit einem Taxxonkörper. Alles klar?

Visser Drei ist der einzige Yirk, der je den Körper eines Andaliten in seine Gewalt brachte. Deshalb beherrscht er auch als einziger Yirk die Kunst des Morphens.

In jener Nacht auf der Baustelle morphte er sich in ein Wesen von einem Planeten weit draußen im All, ein gewaltiges, schreckliches Ungeheuer. Und dann packte er den Andaliten und …

Wisst ihr was? Ich möchte ehrlich nicht darüber reden. Da müsst ihr schon Jake fragen.

Als wir das Gelände passierten, sprach niemand ein Wort. Dann bemerkte ich, dass Cassie einfach stehen geblieben war. Ich ging zu ihr zurück und sah, dass sie weinte.

„Bist du okay?“, fragte ich.

Sie schüttelte den Kopf. „Nein. Du etwa?“

Ich seufzte. Am Himmel herumzufliegen, war eine wunderbare Ablenkung gewesen. Aber mein Kopf steckte noch immer voll grauenhafter Erinnerungen. „Schätze, wohl nicht“, räumte ich ein. „Letzte Nacht hatte ich einen schrecklichen Albtraum vom Yirkpool. Ich war nochmal unten. Dort unten in dieser riesigen Höhle. Und ich hörte das Wehklagen und die Schreie der Menschen, die in das Becken gezerrt wurden.“

Cassie nickte. „Weißt du, was noch schlimmer ist als die Schreie? Nämlich, wie sie verstummen, sobald sie wieder einen Yirk im Kopf sitzen haben. Sobald sie wieder Controller sind. Dann weißt du, dass sie wieder Sklaven sind. Verloren.“

„Wie Tom.“

Wir drehten uns beide um. Es war Jake. Er und Marco hatten gesehen, wie wir stehen geblieben waren, und waren zurückgegangen.

Tom ist Jakes Bruder. Tom ist ein Human-Controller – ein menschliches Wesen, das von einem Yirk in seinem Kopf versklavt wurde. Wir hatten den Yirkpool entdeckt und waren in diese Hölle da unten eingedrungen, um Tom zu befreien. Es war schief gegangen. Wir waren nur knapp mit dem Leben davongekommen.

Cassie legte ihren Arm um Jakes Taille. „Eines Tages werden wir Tom retten“, sagte sie.

Jake strich sanft über Cassies Kopf. Ich glaube, es war ihm peinlich, denn er zog seine Hand sofort wieder zurück. Cassie hatte nichts dagegen. Sie weiß, welche Probleme Jungs damit haben, ihre wahren Gefühle zu zeigen.

Ich ließ meinen Blick über das Baugrundstück schweifen und sah Tobias vom Himmel herabflattern. Ich konnte

nicht erkennen, wo er landete, weil dieser Teil des Geländes von der Straße her nicht einsehbar ist. Aber ich wusste genau, wo er war – an der Stelle, wo der Andalit gestorben war. Irgendwie hatte Tobias in jenen kurzen Momenten, in denen der Andalit bei uns gewesen war, eine ganz besondere Beziehung zu ihm aufgebaut.

Wir gingen weiter.

„Wir müssen einen anderen Weg finden, um an sie ranzukommen", sagte ich ärgerlich. Mich quälte die Vorstellung, dass Tobias jetzt irgendwo da hinten in diesem Labyrinth aus Bauruinen um den Andaliten trauerte.

„An wen rankommen?", fragte Marco argwöhnisch.

„An die Franzosen, Marco", erwiderte ich spöttisch. „Was glaubst du denn? Na, doch wohl an die Yirks!"

„Au, au, au!", sagte Marco. „Das haben wir doch schon probiert, erinnerst du dich? Wir sind da runter zu diesem Yirkpool und haben gehörig Prügel kassiert. Zehn zu null für die Yirks."

„Du meinst also, man sollte einfach aufgeben?", fragte ich.

„Wir haben ein Match verloren", sagte Jake. „Man hört nicht mit dem Sport auf, bloß weil man ein Spiel verloren hat."

„Irgendein Spiel", sagte Marco bitter. „Irgendein Sport."

„Wir haben sowieso nicht verloren", sagte ich. Die anderen sahen mich an, als wäre ich verrückt. „Schaut mal", erklärte ich, „ich weiß, wir haben Tom nicht befreien können, und wir haben sicher nicht die Yirks gestoppt.

Aber immerhin haben wir ihnen einen Grund gegeben, sich zu fürchten."

„Ja, und wie die sich vor uns fürchten. Visser Drei kann wahrscheinlich nachts überhaupt nicht schlafen, so besorgt ist er wegen fünf Jugendlicher", höhnte Marco. „Ach was, Visser Drei hält uns nicht für gefährlich. Er sieht in uns eine appetitliche Mahlzeit."

„Er weiß nicht, wer – oder was – wir sind", korrigierte ich Marco. „Die Yirks sind überzeugt, dass wir andalitische Krieger sind, denn sie wissen, dass wir morphen können. Und sie wissen, dass wir den Yirkpool gefunden haben, dass wir eingedrungen sind und dabei ein paar von ihren Taxxons und Hork-Bajirs erledigt haben. Ich denke schon, dass sie wenigstens ein bisschen nervös sind."

Jake nickte. „Das finde ich auch. Dennoch sollten wir nicht versuchen, noch mal zum Yirkpool hinabzusteigen. Außerdem … die Tür ist weg."

Wir starrten ihn alle an.

Er zuckte mit den Schultern. „Na ja, ich wollte bloß nachsehen, ob die Tür noch funktioniert, okay? Nur für den Fall. Aber sie ist nicht mehr da."

Die Tür, die zum Yirkpool hinabführte, war im Putzmittelraum unserer Schule versteckt gewesen. Über die gesamte Stadt verteilt gab es dutzende Türen zum unterirdischen Yirkpool, aber diese war die einzige, von der wir wussten.

„Wir suchen also nach einer anderen Möglichkeit, um an sie ranzukommen", sagte ich. „Wir können Tom noch-

mals folgen, wenn es für seinen Yirk an der Zeit ist, zum Yirkpool zurückzukehren." Yirks müssen dieses Becken alle drei Tage aufsuchen. Sie schlüpfen dann aus den Köpfen ihrer Wirte und saugen Kandronastrahlen auf.

„Nein. Wir lassen Tom da raus", sagte Jake entschlossen. „Wenn wir irgendwie die Aufmerksamkeit auf ihn lenken, könnten die Yirks ihn als Gefahrenquelle ansehen. Vielleicht beschließen sie dann seinen Tod."

Marco sah mich säuerlich an. „Und das hast du immer noch vor? Unser Leben und das aller Menschen, die wir kennen, zu riskieren? Wofür?"

„Für die Freiheit", sagte Cassie treuherzig.

Hierauf hatte Marco keine kluge Antwort parat.

„Da ist immer noch Chapman", sagte Jake.

Chapman ist unser stellvertretender Schulleiter. Er ist außerdem einer der wichtigsten Human-Controller. Er leitet den Freundschaftsklub, wo ahnungslose Jugendliche als Wirtskörper für die Yirks angeworben werden.

„Wenn es irgendeine Möglichkeit gäbe, nahe an Chapman ranzukommen ..." Jake ließ die Worte in der Luft hängen. Sorgsam vermied er den Blickkontakt mit mir. Aber mir war klar, worauf er hinaus wollte. Offenbar hatte er sich das schon eine Zeit lang durch den Kopf gehen lassen.

„Melissa?", fragte ich.

Er nickte. „Wäre doch eine Idee."

Nun ja, Melissa Chapman, die Tochter des stellvertretenden Direktors, ist eine meiner besten Freundinnen.

Oder wenigstens war sie es mal. In den letzten Monaten hatte sie sich mir gegenüber sehr merkwürdig benommen. Als wenn ich ihr gleichgültig wäre. Wir gehen gemeinsam zum Gymnastikunterricht. Wir hatten zur gleichen Zeit damit angefangen. Man wollte halt was zusammen machen.

„Ich will eine Freundin nicht in der Weise benutzen", sagte ich.

„Oh, plötzlich kneift die große Rachel", rief Marco höhnisch. „Du willst deine Freunde nicht benutzen? Du bist sehr wohl bereit, *mein* Leben zu riskieren."

„Natürlich, Marco, aber wer sagt, dass du mein Freund bist?"

„Sehr komisch", erwiderte Marco. Zugleich sah er aber auch ein wenig betreten drein.

„Nur ein Scherz, Marco", sagte ich. „Natürlich bist du mein Freund. Aber du bist ein Animorph. Melissa ist bloß eine harmlose Zuschauerin."

„Ich wünschte, ich hätte dieses Wort nie erfunden", stöhnte Marco. „Animorph. Oh Gott."

„Rachel, Melissas Vater ist einer der wichtigsten Controller", sagte Jake behutsam, ohne auf Marco einzugehen. „Sie steckt mit drin in der Sache, ob sie will oder nicht."

Ich fühlte einen bitteren Geschmack im Mund. Jake hatte natürlich Recht. Chapman war die logische Spur, der wir folgen mussten. Und Melissa war unsere Chance, an ihn ranzukommen. Das erschien mir sinnvoll. So sinnvoll, dass ich bereit war, eine alte Freundin zu verraten.

Und ich fühlte mich wie ein mieses Stück Dreck.

KAPITEL 4

Am nächsten Tag ging ich nach der Schule sofort zum Turntraining ins CVJM-Haus, das gleich gegenüber vom Einkaufszentrum liegt. Die haben dort auch ein großes Hallenbad. Deshalb riecht das ganze Gebäude ständig nach Chlor mit Ausnahme des Kraftraums – da müffelt es nach Schweiß.

Meine Klasse trainiert in einem kleineren Raum, der mit blauen Matten ausgelegt ist. Als Geräte haben wir einen Schwebebalken, einen Stufenbarren und ein Pferd mit Sprungbrett.

Beim Pferdsprung und am Stufenbarren bin ich ganz gut, nur am Schwebebalken bin ich ziemlich schwach. Ehrlich gesagt, er macht mir Angst. Man braucht dafür eine so ungeheure Konzentration.

In unserer Turnklasse geht es nicht so tierisch ernst zu. Das heißt, dass keine von uns mal an den Olympischen Spielen teilnehmen wird. Als ich damit anfing, hatte ich den Traum, die nächste Weltmeisterin zu werden. Aber dann begann ich zu wachsen. Inzwischen bin ich recht groß für mein Alter. Die Leute schauen mich jetzt an und sagen „Oh, du wirst mal Fotomodell werden“, nicht „Oh, du könntest Turnerin sein“.

Die meisten Mädchen in unserem Kurs sind zu groß oder zu schwer, um sich je ernsthaft große Hoffnungen beim Geräteturnen zu machen. Wir machen es zum Spaß und wegen der Fitness. Ich mache es, weil ich mich immer irgendwie für plump hielt. Meine Mama sagt zwar, dass das nicht stimmt, aber ich fühle mich trotzdem so.

Abgesehen davon ist es cool, das kleine Sprungbrett zu treffen und durch die Luft zu wirbeln, um sich vom Pferd abzustoßen und die Landung sauber zu stehen. Nicht so cool wie selber fliegen, vielleicht, aber der Spaß ist der gleiche.

Melissa Chapman war im Umkleideraum und schlüpfte gerade in ihren Trainingsanzug, als ich hereinkam. Sie ist die Ausnahme von der Regel in unserer Klasse. Sie sieht *wirklich* wie eine Gymnastin aus. Sie ist klein und zierlich, obwohl sie sich nicht die Pfunde herunterhungert wie einige Idioten, die unbedingt mit dem Turnen anfangen wollen. Sie hat hellgraue Augen, hellblondes Haar und eine blasse Haut. Sie sieht aus wie eine von diesen feierlichen Elben aus einem Tolkien-Buch. Auf den ersten Blick wirkt sie zerbrechlich, doch bei näherem Hinsehen erkennt man auch, dass sie kräftig ist.

Melissa begrüßte mich mit jenem nicht sehr herzlichen Lächeln, wie es seit neuestem ihre Art ist. Als ob sie abgelenkt wäre oder gerade an etwas Wichtigeres dachte.

„Hi, Melissa“, sagte ich. „Wie geht’s?“

„Gut. Und dir?“

„Oh, eigentlich wie immer.“ Das war natürlich gelogen. Aber was sollte ich sagen? Ja, Melissa, läuft alles wie gewohnt. Hab mich in Tiere verwandelt und Außerirdische bekämpft. Du weißt schon, das Übliche.

Melissa sagte nichts weiter. Sie korrigierte nur kurz den Sitz ihres Trainingsanzugs und begann mit ein paar kleinen Dehnungsübungen. So lief das ab. Wir sagten uns hallo, aber das war's dann auch schon. Früher waren wir eng befreundet. Sie war nach Cassie meine beste Freundin.

„Melissa, ich hab mir gedacht … vielleicht möchtest du nach dem Training mit mir zum Einkaufszentrum rübergehen? Ich muss mir ein Paar neue Gymnastikschuhe kaufen.“

„Zum Einkaufszentrum?“ Sie stammelte etwas und begann zu erröten. „Du meinst einkaufen gehen?“

„Genau. Na, du weißt schon – rumbummeln und Sachen angucken und süße Jungs abchecken und über die hochnäsigen Tussis in der Parfümabteilung lästern.“

Ich versuchte locker zu klingen, als ob es keine große Sache wäre. Früher wäre absolut nix dabei gewesen. Jetzt aber wirkte Melissa auf mich wie ein Tier in der Falle.

Wann waren wir zwei uns so fremd geworden?

„Ich hab, ähm, noch was vor“, sagte Melissa.

„Oh. Das ist cool. Ich verstehe.“

Aber ich verstand nicht. Keine Spur. Sie ließ mich stehen. Ich wollte schon aufgeben, da fiel es mir ein: Hier ging es nicht bloß um eine Freundin, die sich abgesetzt hatte.

Hier ging es um ihren Vater, einen der Anführer der Controller. Einen unserer gefährlichsten Feinde.

Ich packte sie am Arm. „Hör mal, Melissa … ich hab das Gefühl, dass wir beide uns irgendwie auseinander gelebt haben, weißt du? Und ich vermisse dich."

Sie zuckte mit den Schultern. „Schon gut, okay, vielleicht kommen wir ja irgendwann wieder zusammen."

„Nicht *irgendwann*, Melissa, so lass ich mich nicht einfach von dir abservieren. Was ist mit dir los?"

„Was mit mir los ist?", äffte sie nach. Einen Moment lang erkannte ich in ihren Augen eine tiefe Traurigkeit, die sich bis in ihre Mundwinkel hinabzog. „Nichts ist mit mir los", sagte sie. „Wir gehen besser raus, sonst kriegt Coach Ellway noch 'nen Anfall."

Sie zog ihren Arm weg.

Ich sah ihr nach und fühlte mich wie ein kompletter Volltrottel. Irgendwas war mit Melissa passiert. Und ich hatte es nicht mal bemerkt. Sie war meine Freundin, und irgendetwas an ihr hatte sich verändert, und es war mir nicht aufgefallen. Ich war einfach meinen eigenen Weg gegangen.

Und jetzt *spielte* ich bloß die besorgte Freundin. In Wirklichkeit aber sah ich nur meine eigenen Gründe.

Ich war unfähig, mich auf das Training zu konzentrieren. Konzentrationsmängel beim Turnen können schmerzhafte Folgen haben. Ich glitt auf dem Schwebebalken aus und schlug mir so heftig das Knie an, dass ich zu heulen anfing.

Melissa kam als Erste herübergelaufen. Und etwa zehn Sekunden lang war sie ganz die alte Melissa. Aber bis ich mich wieder hochgerappelt hatte, war sie schon wieder auf und davon in ihrer eigenen kleinen Welt.

Genau in dem Augenblick kam mir zum ersten Mal dieser schreckliche Verdacht.

Melissa hatte sich sehr sonderbar benommen. Ihr Vater war ein Controller.

Ich sah sie quer durch den Raum an und verspürte ein Frösteln.

Gehörte sie auch dazu? War meine alte Freundin Melissa ein Controller?

Nach dem Training ging ich nicht einkaufen. Mir war einfach nicht danach zumute. Melissas Augen, die Art, wie sie mich angesehen hatte, hatten mir die Lust dazu genommen.

Eigentlich hätte ich rüber zum Einkaufszentrum gehen und meine Mama anrufen sollen, damit sie mich nach dem Training abholen käme. So war es ausgemacht. Aber da mir nicht nach einem Schaufensterbummel war, ging ich einfach zu Fuß nach Hause. Allein. Unterdessen zogen Regenwolken auf, und der Himmel verdüsterte sich.

Es war dumm und leichtsinnig von mir. Aber ich war wohl in Gedanken ganz woanders. Immerhin hatte ich so viel Verstand, das Baugelände nicht zu betreten.

Ich lief auf dem Gehweg die Hauptstraße hinunter, als ich merkte, dass hinter mir ein Wagen dicht zu mir aufgeschlossen hatte. Ein Kerl stieg aus. Er sah aus, als ginge er auf die High School oder gar aufs College. Und er schien Ärger zu bedeuten.

Ich hätte auf dem Absatz kehrtmachen und zum Einkaufszentrum zurückrennen sollen. Aber manchmal handle ich nicht immer vernünftig. Und manchmal bedauere ich das. Dies hier war so ein Fall.

„Hey, Baby“, sagte er. „Wie wär’s denn mit ’ner kleinen Spritztour?“

Ich schüttelte den Kopf und hielt meine Sporttasche an mich gedrückt. Was war ich doch für eine Idiotin! Wie konnte ich nur so leichtsinnig sein!

„Na komm, Puppe, mach keine Zicken“, sagte er. „Ich finde, du solltest besser ins Auto steigen.“

Die Art und Weise, wie er das sagte, klang nicht nach einer Einladung. Vielmehr klang es wie ein Befehl. Jetzt hatte ich wirklich Schiss.

Ich presste meine Sporttasche fest an mich, als ich an ihm vorbeiging.

„Tu nicht so, als sei ich Luft“, zischte er.

Er griff nach mir und verfehlte mich. Ich lief schneller. Er kam hinterher.

Ich fing an zu rennen.

Er rannte mir nach.

„He da, hallo! Komm sofort zurück!“

Es war dumm von mir gewesen, alleine fortzugehen. Zum Glück aber war ich – im Unterschied zu den meisten Menschen – nicht hilflos.

Im Laufen konzentrierte ich mich auf etwas völlig anderes. Ich konzentrierte mich auf ein Bild in meinem Kopf.

Dann fühlte ich, wie die Verwandlung begann. Meine Beine wurden dick. Meine Arme wurden groß, immer größer. Ich konnte spüren, wie ich groß wurde. Groß und massiv. Ich fühlte das Prickeln, als meine Ohren dünn und ledrig wurden.

Aber es reichte mir nicht, bloß gruselig auszusehen. Dieser Kerl hatte mich total wütend gemacht. Ich wollte ihn halb zu Tode erschrecken.

Plötzlich begann meine Nase zu sprießen. Dann traten aus meinem Mund die Stoßzähne wie zwei gewaltige Speere hervor.

Das sollte wohl reichen, dachte ich bei mir. Ich unterbrach meine Konzentration, worauf das Morphen aufhörte.

Urplötzlich blieb ich stehen. Der Dreckskerl rannte direkt in mich rein.

Was er gleich zu sehen bekam, würde ihm nicht gefallen.

KAPITEL 5

Eigentlich wollte ich dem Typen sagen, dass er verduften solle. Und zwar mit diesen Worten: „Na, bist du immer noch scharf auf diese Spritztour?“

Was dann aber tatsächlich rauskam, hörte sich an wie *„Trröööörräääärrr!“*

Der Kerl blieb wie vom Donner gerührt stehen. Er glotzte nur.

Was er sah, war ich, halb in einen Afrikanischen Elefanten gemorpht.

Mein Rüssel hatte etwa ein Drittel seiner richtigen Länge erreicht. Meine riesigen Segelohren waren fast vollständig ausgebildet. Meine Beine glichen Krautstampfern. Meine Arme sahen aus wie die von Arnold Schwarzenegger, bloß grau. Meine Stoßzähne ragten ungefähr dreißig Zentimeter aus meinem Mund. Das Schärfste aber war, dass ich noch immer meine blonden Haare hatte.

Plötzlich war der Typ gar nicht mehr daran interessiert, mich zu belästigen.

„AAAAAHHHH!“

Er drehte sich um und rannte weg. Eine Minute lang vergaß er sogar, dass er ein Auto hatte. Dann machte er kehrt und sprang durch ein offenes Fenster in den Wagen.

Er ließ den Motor an und brauste davon.

Mit Sicherheit war das ein Fall von Geschwindigkeitsüberschreitung.

Ich konzentrierte mich wieder und begann den Morphingprozess in Richtung Mensch umzukehren. Ich hatte ein weites Sweatshirt und Leggins getragen. Das war gut. Beide Sachen waren gedehnt worden. Aber meine Schuhe waren unter dem plötzlichen Wachstum meiner Elefantenfüße aufgeplatzt.

Es hatte zu regnen begonnen, der Heimweg würde sich also sehr unangenehm gestalten. „Na, super!", murmelte ich. „Ich muss dran denken, meine Schuhe wegzukicken, bevor ich mich in einen Elefanten morphe."

In dem Augenblick fuhr ein zweiter Wagen heran und hielt auf meiner Höhe. Die Scheibe fuhr nach unten.

„Hi, Rachel." Es war Melissa. Ich erkannte ihre Stimme. „Sollen wir dich nach Hause fahren?" Sie klang nicht eben begeistert von der Vorstellung. Ich schaute durch das Wagenfenster an ihr vorbei.

Am Steuer saß Chapman.

Eine Woge aus beklemmender Angst schwappte über mir zusammen. Hatte er gesehen, was ich gerade gemacht hatte? Wenn ja, dann war ich tot. Und meine Freunde dazu.

„N-nicht nötig", sagte ich. „Etwas Bewegung schadet nie."

„Unsinn, meine junge Dame", erwiderte Chapman, ganz im gewohnten Tonfall des stellvertretenden Direktors. „Es fängt gerade an zu regnen. Komm, steig ein."

Was hätte ich tun sollen? Ich zwang mich zu einem Lächeln. Leicht war es nicht. „Danke", sagte ich.

Melissa saß vorn auf dem Beifahrersitz neben ihrem Vater. Ich nahm hinten Platz. Dabei bemühte ich mich, nicht zu bibbern. Ich versuchte, Chapmans Hinterkopf nicht anzustarren. Tja, so geht's einem in Gegenwart eines Controllers. Man weiß, diese widerliche Schnecke ist da drin im Kopf des Controllers. Angeheftet an sämtliche Nervenfasern, kontrolliert und beherrscht sie das menschliche Gehirn.

Wenn man bedenkt, was sich in diesen Schädel reingezwängt hat, fällt es schwer, nicht hinzustarren.

„Als wir da hinten an der roten Ampel halten mussten, sah es so aus, als würde dich irgendein Kerl belästigen", sagte Melissa. „Dann rannte er weg. Ist er zudringlich geworden?"

„Ähm … nein", log ich. „Er hat … er hat bloß was aufgehoben, das ihm am Straßenrand runtergefallen war."

Erbärmlich! Ich war ja so eine schlechte Lügnerin.

Ich sah, wie Chapmans Augen mich im Rückspiegel musterten. Er sah ganz so aus wie eben der alte Chapman. Das ist das Problem mit Controllern. Es gibt keine äußerlichen Merkmale. Sie sehen so normal aus.

„Er rannte davon, als ob die Hunde der Hölle hinter ihm her wären", sagte Chapman.

„Wirklich?“, piepste ich. „Ich hab nicht hingesehen. Es war wohl der Regen. Wahrscheinlich rannte er deswegen. Da. Sie können dort links abbiegen.“

„Ich weiß, wo du wohnst“, sagte Chapman.

Ich verschluckte fast meine Zunge. War das eine Drohung? Hatte er einen Verdacht? Ahnte er etwas? Sah er mich merkwürdig an?

Oder hatte ich einfach Wahnvorstellungen?

Er hielt vor unserem Haus an. Mein Herz schlug wie verrückt, aber ich war entschlossen, mir nichts anmerken zu lassen. „Danke fürs Mitnehmen, Mister Chapman“, sagte ich. „Hey, Melissa, ich hab das ganz ernst gemeint, dass wir wieder zusammenkommen, okay?“

Sie nickte. „Klar, Rachel. Absolut.“

Ich schlug die Autotür hinter mir zu. Ich war entkommen. Ich war am Leben. Wahrscheinlich hatte ich mir nur Sachen ausgemalt.

Dann hörte ich, wie Melissa etwas zu mir hinausrief. „He, was ist denn mit deinen Schuhen passiert?“

Ich schaute nach unten. Meine Schuhe waren zerfetzt – die Folge davon, dass meine Füße in ziemlich genau fünf Sekunden von Größe sechs auf Größe dreihundert angewachsen waren.

„Siehst du?“, sagte ich so locker wie ich konnte. „Ich hab dir doch gesagt, dass ich neue kaufen muss.“

Melissa guckte ganz verdattert. Ihr Vater starrte mich mit einem Ausdruck an, den ich nicht deuten konnte. Was für eine bescheuerte Situation!

Als ich unser Haus betrat, zitterte ich wie Espenlaub. Hastig lief ich die Treppe zu meinem Zimmer hoch und stopfte meine zerissenen Schuhe in den Papierkorb. Erst danach ging ich runter und begrüßte meine Mama. Sie saß am Küchentisch, halb versteckt hinter einem Stapel gelbbrauner Bücher. Meine Mutter ist Anwältin und nimmt sich viel Arbeit mit nach Hause, damit sie für mich und meine zwei kleinen Schwestern da sein kann. Sie und mein Papa sind geschieden. Ich sehe meinen Papa nur an wenigen Tagen im Monat, deshalb hat Mama Schuldgefühle, wenn sie nicht für uns da ist.

„Hallo, mein Spatz“, sagte sie. Dann setzte sie ihren besorgten Mutterblick auf. „Wie bist du heimgekommen? Du bist doch nicht den ganzen Weg gelaufen, oder? Du solltest mich doch anrufen.“

„Melissa und ihr Vater haben mich mitgenommen“, antwortete ich. Was ja auch irgendwie stimmte.

Sie war’s zufrieden und klappte ihr Buch. „Tut mir Leid. Du weißt, dass ich mich um dich sorge.“

„Wo sind Kate und Sarah?“

„Die sitzen im Wohnzimmer und schauen sich wieder einen von diesen Gruselfilmen an. Natürlich wird Kate heute Nacht ihre Bettlampe brennen lassen, und Sarah kommt sicher zu mir ins Bett gekrochen. Ich weiß nicht, warum sie solche Sachen mögen, die ihnen Angst einjagen. Du warst nie so.“

Ich musste beinahe lachen. Es lag mir auf der Zunge, ihr zu sagen ‚Nun, Mama, ich brauche nichts Unheimliches

anzuschauen, ich *bin* unheimlich. Du hättest mich mal vor einer halben Stunde sehen sollen, als mir Stoßzähne aus dem Mund wuchsen und meine Nase einen Meter lang war.'

Stattdessen fragte ich: „Na, was gibt's zum Abendessen?"

Meine Mutter zuckte zusammen. „Pizza? Chinesisch? Irgendwas anderes, das man telefonisch bestellen kann? Tut mir Leid, aber ich hatte diese Besprechung, und morgens war ich noch am Gericht."

„Mama", sagte ich ihr vielleicht zum tausendsten Mal, „Pizza ist schon okay. 'tschuldigung, aber so toll kochst du halt nicht, also ist es doch keine große Sache, 'ne Pizza zu bestellen."

„Na gut, aber lass wenigstens etwas Gemüse drauflegen", sagte sie.

Nach dem Essen rief ich Jake an.

„Möchtest du rüberkommen?", fragte ich. „Ich hab diese neue CD gekriegt, falls du mal reinhören willst."

Natürlich gab es keine CD. Wir müssen nur immer auf Nummer sicher gehen. Wie ich schon sagte, ist Jakes Bruder Tom ein Controller. Er könnte unser Gespräch über den Zweithörer belauschen. Dann rief ich Cassie und Marco an und tischte ihnen zur Tarnung die gleiche Geschichte auf.

Als sie bei mir waren, erzählte ich ihnen von Melissa und danach von meinem kleinen Zusammenstoß mit diesem Idioten. Darüber, dass mich Chapman nach Hause gefahren hatte, verlor ich kein Wort. Warum, weiß ich nicht. Aber als ich sah, wie Marco aus der Haut fuhr, war ich froh, dass ich ihnen nicht die ganze Geschichte erzählt hatte.

„Oh Gott, war das irrsinnig! Dumm! BEHÄMMERT!“, sagte Marco. „Und wenn jetzt dieser Typ ein Controller war?“

„Er war kein Controller“, sagte ich verächtlich. „Wieso sollten die Yirks aus einem Punk einen Controller machen? Die wollen Leute in einflussreichen Positionen.“

„Das wissen wir nicht sicher“, sagte Jake. „Auf Tom zum Beispiel trifft das nicht zu.“

„Was ist mit Leuten, die in ihren Autos spazieren fahren oder daheim aus dem Fenster schauen?“, fragte Marco. „Und was, wenn er jetzt irgendjemand von diesem Mädchen erzählt, dem plötzlich ein Rüssel und Stoßzähne wuchsen?“

„Niemand wird einem solchen Widerling glauben“, sagte ich.

„Seine Freunde werden ihm nicht glauben“, giftete Marco zurück. „Aber ein Controller schon. Ein Controller weiß, was das bedeutet.“

Ja. Ein Controller würde wissen, was das bedeutete. Ein Controller wie Chapman. Oder sogar Melissa, wenn sie auch zu denen gehörte.

Ich fühlte mich total down. Mein ganzes Leben schien nur aus Lügen zu bestehen. Ich hatte Melissa und meine Mutter angelogen. Jetzt log ich wieder, indem ich den anderen nicht die ganze Wahrheit erzählte.

„Okay, ich hab's vermasselt", murmelte ich.

„Und zwar gründlich!", blökte Marco. „Wie kann man nur so dumm …"

„Lass gut sein, Marco", sagte Jake. „Rachel weiß, dass sie einen Fehler gemacht hat. Jeder von uns macht mal Fehler."

Marco verdrehte die Augen.

Cassie lächelte mich aufmunternd an. „Es *war* dumm von dir, dass du dich in diese Lage gebracht hast, Rachel. Du musst vorsichtiger sein. Trotzdem hätte ich zehnmal mein Taschengeld dafür gegeben, um das Gesicht von diesem Kerl zu sehen."

„Das Wichtigste ist, dass es nicht so aussieht, als könnte Rachel über Melissa an Chapman rankommen", sagte Jake. „Nicht, wenn sie selbst ein Controller ist. Und nicht, wenn sie sich Rachel gegenüber weiterhin so merkwürdig verhält."

„Schätze, wir müssen einen anderen Weg suchen", sagte ich rasch. „Okay, wir wissen, wo Chapmans Büro ist. Und wir wissen, wo er wohnt. Vielleicht könnten wir uns einfach in ein paar kleine Tiere morphen und unbemerkt bei ihm eindringen."

„Was für kleine Tiere?", fragte Marco. „Als Jake sich in eine Echse verwandelte, trat man auf ihn. Er verlor seinen Schwanz. Außerdem – in was willst du dich denn morphen? In eine Küchenschabe?"

Bei dieser Vorstellung schauderte es uns alle. Das Kleinste und Abgefahrenste, in das sich je einer gemorpht hatte, war Jakes Geschichte mit der Echse. Damit hatte er noch lange zu kämpfen. Und eine Schabe würde noch schlimmer sein.

„Abgesehen davon, dass es unsere Vorstellungskraft übersteigt“, sagte ich, „ist das Problematische am Schabendasein, dass uns ihre Sinne vielleicht gar nichts nützen. Kann eine Schabe in einer Weise *hören*, die es uns erlaubt, das Gehörte auch zu *verstehen*?“

Wir sahen alle zu Cassie hinüber. Sie ist so was wie unsere Tierexpertin.

Cassie hob abwehrend die Hände. „Na, kommt schon. Als ob ich wüsste, wie eine Schabe sieht und hört? Um Schaben kümmern wir uns in der Tierklinik nicht.“

Ein paar Minuten lang saßen wir alle missmutig herum. Aber ich war nicht gewillt, die Sache aufzugeben. Hier ging es um mehr, als bloß den Yirks eins auszuwischen. Ich musste herausfinden, ob Chapman mich verdächtigte. Wenn ja, dann waren wir alle in schrecklicher Gefahr.

Zufällig schaute ich zu meinem Schreibtisch hinüber. Da lagen noch immer meine unerledigten Mathehausaufgaben. Das trug auch nicht eben dazu bei, meine Laune zu bessern. Aber dann fiel mein Blick auf die Fotos, die ich in so einen großen Rahmen mit sechs unterschiedlich großen Löchern im Passepartout getan hatte. Eines zeigte mich mit meinen Eltern bei einer Wildwasser-Floßfahrt. Auf einem anderen besuchte ich meinen Papa am Arbeitsplatz – er ist Meteorologe beim Fernsehen. Wir grinsten vor einer

Sturmkarte in die Kamera. Ein anderes Bild zeigte mich und Cassie beim Reiten. Cassie sah wie üblich so aus, als habe sie ihr ganzes Leben im Sattel zugebracht, während ich wie ein blutiger Anfänger wirkte.

Aber das Bild, dem jetzt meine Aufmerksamkeit galt, war eines, das jemand vor einigen Jahren von Melissa und mir aufgenommen hatte.

Ich stand auf und ging hinüber, um den Rahmen abzuhängen. Angestrengt starrte ich auf das Foto.

„Was ist los?“, fragte Jake. „Was hast du denn?“

„Das bin ich mit Melissa“, sagte ich. „Es war an ihrem zwölften Geburtstag, vielleicht auch an einem anderen, ist ja egal, und wir spielten bei ihr draußen auf dem Rasen mit dem Geschenk, das sie von ihrem Vater bekommen hatte.“

„Ja, und?“, fragte Marco.

„Da …“ Ich reichte ihm das Foto. Es zeigte Melissa und mich in kurzen Hosen. Und zwischen uns ein kleines schwarzweißes Kätzchen. „Das Geschenk war also eine Katze.“

KAPITEL 6

„Schau mal!“, zeigte Jake. „Eine Katzenklappe!“

„Wo?“, fragte Marco.

„Siehst du die Lichtstreifen? Unten an der Tür?“

„Oh, ja“, sagte Marco. „Ich wünschte, der Mond würde sich raustrauen. Ich kann gar nix erkennen.“

Zu viert kauerten wir hinter einer Hecke, die den Rasen der Chapmans säumte. Sie wohnten in einem stinknormalen Vorstadthaus. Ihr wisst schon: zwei Stockwerke, eine Garage, ein Rasen. Nichts, was darauf hingedeutet hätte, dass der Mensch, der hier lebte, Teil einer gewaltigen Verschwörung von Außerirdischen war, die die Welt übernehmen wollten.

„Nur eine Frage“, flüsterte Marco. „Wieso ausgerechnet Chapman? Ich hatte schon Angst vor Chapman, noch bevor wir dahinter kamen, dass er ein Controller ist.“

„Du bist doch nicht immer noch sauer, weil er dich mal nachsitzen ließ?“, fragte ich. „Also, weißt du, wenn du schon in Mathe deine CDs anhörst und den Kopfhörer unter deinen Haaren versteckst, dann musst du dir eben das Singen verkneifen.“

„Ja, das war echt ’ne Panne, Marco“, pflichtete Jake bei.

„Und ich bleibe dabei: wenn Chapman nur ein Mensch wäre, hätte er mir nie eine ganze Woche Arrest aufgebrummt.“

„Ich hab ’ne Frage“, meldete sich Cassie zu Wort. „Wie sollen wir Melissas Katze ins Freie locken?“

Wir sahen sie alle an.

„Gute Frage“, musste ich zugeben.

„Ich meine, wir könnten uns für lange Zeit hier in den Büschen auf die Lauer legen. Früher oder später aber wird das den Nachbarn auffallen.“

<Wie sieht die Katze aus?>

Tobias saß im Geäst eines nahen Baumes. Er war nahe genug, um uns hören zu können.

Ich versuchte mich zu erinnern. „Sie heißt Fluffer, so viel weiß ich noch. Fluffer McKitty.“

„Du machst wohl Witze.“ Marco, wer sonst.

Ich versuchte mich an die Zeit zu erinnern, als ich damals mit Melissa rumhing. „Sie ist schwarz und weiß gefleckt.“

<Ich seh mich einfach mal um. Vielleicht ist sie ja schon draußen.>

Tobias breitete seine Flügel aus, strich lautlos über unseren Köpfen herab und flog in die Nacht hinaus.

„Weißt du, was wir brauchen?“, sagte ich. „Wir brauchen ein zweites Kätzchen. Daran hätten wir denken sollen. Dann hätten wir Fluffer von der zweiten Katze herauslocken lassen können.“

Marco drehte sich um und starrte mich an. „Miaufluffer, kommrausmiezmiez, kommspielenmiez?“

„Tobias hat sich doch ganz zu Anfang in eine Katze gemorpht, stimmt's?“, fragte ich.

„Ja“, sagte Jake. „Sein erstes Morph. Das erste Morph, das überhaupt jemand von uns gemacht hat.“

„Rachel, denk bitte dran, wenn du heute Nacht da reingehst, dass du dich wie eine Katze benehmen musst“, sagte Cassie. „Die meisten Menschen würden nur verwundert den Kopf schütteln, wenn ihre Katze sich plötzlich merkwürdig aufführt. Aber Chapman checkt vielleicht, was los ist, wenn sich Fluffer plötzlich katzenuntypisch benimmt.“

„Du meinst, ich sollte nicht versuchen, mit einer Gabel zu essen oder die Kanäle am Fernseher durchzuzappen?“

Wir mussten alle lachen – leise und nervös, aber es war trotzdem ein Lachen.

Plötzlich kam Tobias herabgeschwebt, zog eine lässige Schleife über unseren Köpfen und rief dann <Gefunden!> nach unten.

Er landete wieder auf dem Ast. Er war schon ein erstaunliches Tier, wenn man ihn nur als Vogel ansah und nicht daran dachte, dass darin ja eigentlich ein Junge gefangen saß. Also, der Blick eines Bussards, wenn er dich direkt ansieht, kann einen ja total einschüchtern. Unser sanfter Tobias hatte nun eine Miene aufgesetzt, die absolut grimmig aussah.

„Das gibt's doch nicht! Du hast Fluffer wirklich entdeckt?“, fragte ich.

<He, das ist leicht. Ich bin doch ein Beutejäger, wie alle Greifvögel. Im Moment streunen da vielleicht sechs oder acht Katzen in der Nachbarschaft herum. Dazu noch drei Hunde und eine verblüffende Anzahl Ratten und Mäusen.>

„Ratten?" Bei dem Wort wurde Marco hellhörig. „Ratten? Hier? Das hier ist ein Vorstadtviertel. Ich meine, die Gegend hier ist viel feiner als die, wo ich lebe. Die haben hier Ratten?"

<Ratten gibt es überall>, sagte Tobias. <Ratten und Mäuse und alle Arten von fetten, saftigen …> Er verstummte. Das war ihm jetzt peinlich.

„Nun mach's mal halblang, Tobias", sagte Marco. „Fang jetzt nicht an, Ratten zu futtern, okay? Ich weiß nicht, ob ich mit jemandem befreundet sein kann, der Ratten verspeist."

Manchmal ist Marco witzig. Manchmal geht er auch zu weit. Das war jetzt wieder so ein Fall. „Halt die Klappe, Marco", knurrte ich.

„Ich hab eine lebendige Spinne gefressen", betonte Jake. „Heißt das, dass du und ich keine Freunde sein können?" Der Klang seiner Stimme verriet, dass auch er ärgerlich war.

Niemand von uns wusste, was Tobias durchmachte. Keiner von uns war je länger als zwei Stunden gemorpht geblieben. Tobias war jetzt schon seit über einer Woche ein Bussard.

Marco merkte, dass er sich dämlich aufgeführt hatte. „Tja, da hast du wohl Recht", murmelte er. „Außerdem fresse ich ja bekanntlich rohes Tatar. Da darf ich mir eigentlich gar keine Kritik erlauben."

Das war eine Entschuldigung. Zumindest war von Marco im Sinne einer richtigen Entschuldigung nicht mehr zu erwarten.

<Die Katze, die wir suchen, ist nur einen halben Häuserblock entfernt>, sagte Tobias. <Folgt mir.>

Er flog los, blieb aber dicht über uns. Wir liefen ihm nach. Selbst bei langsamster Geschwindigkeit war Tobias zu schnell für uns, sodass er immer wieder kreisen musste. Wir hatten Mühe, ihn nicht aus den Augen zu verlieren.

„Das sieht echt zu drollig aus", kicherte Cassie. „Wir rennen zu viert durch die Straßen und gucken in die Wolken."

<Da!>, rief Tobias nach unten. <Seht ihr den Hof mit den zwei Bäumen?>

„Ja. Gleich links von uns?"

<Exakt. Die Katze, nach der ihr sucht, schleicht sich gerade an eine Maus an, gleich hinter dem Stamm des ersten Baumes.>

„Okay, wir können nicht alle über den Hof von irgendeinem Fremden latschen", erklärte ich. „Ich werde mit Cassie gehen."

Marco hielt das mitgebrachte Katzenkörbchen hoch. „Braucht ihr das nicht?"

„Noch nicht. Ich schnapp mir Fluffer und bring sie hierher zurück. Ihr zwei Jungs steht einfach bloß wie zufällig herum."

Cassie und ich betraten den Rasen. Im Haus war alles dunkel. Vielleicht war niemand daheim. Das wäre gut.

„Geh du nach links", sagte ich zu Cassie. Wir kreisten den Baum ein.

„Hey, Fluffer", sagte ich mit einer hohen Stimme, wie man eben mit Tieren redet. „Hallo, du süßes Kätzchen. Kennst du mich noch?"

„Da ist sie."

„Ich sehe sie." Ich hockte mich hin und streckte eine Hand in Richtung der Katze. „Hallo, Fluffer, Fluffer. Ich bin's, Rachel."

Fluffer legte die Ohren an. Sie schaute von mir zu Cassie und wieder zurück.

„Na, komm, Fluffer, ich bin's doch. Komm, alter Junge."

„Er ist ein Männchen? Ein Kater?", fragte Cassie.

„Ja, ich glaube schon."

„Na, prima", stöhnte Cassie. „Sag mir bitte wenigstens, dass er kastriert ist."

„Bist du kastriert, Fluffer McKitty?", wiederholte ich. „Was kümmert uns das?", fragte ich Cassie.

„Weil ein Kater Pfund für Pfund eines der zähesten, gefährlichsten Minimonster ist, die es gibt."

„Wer, Fluffer? Mein kleiner Katzenfreund Fluffer?"

„Auch wenn er kastriert ist – ein Kater, nachts im Freien auf Mäusejagd?" Cassie schüttelte den Kopf. „Wir hätten Handschuhe mitnehmen sollen."

„Na, hör mal. So ein süßes Katerchen." Um zu zeigen, wie süß Fluffer war, streckte ich die Hand nach ihm aus.

„Grrrmiaauuu!“

Mit einer flinken Bewegung, die für meine Menschenaugen zu schnell war, krallte Fluffer mit einer Pfote aus. Drei blutige Striemen erschienen auf meinem Handrücken, und Fluffer schoss pfeilgrad den Baum hinauf.

„Autsch!“ Ich hielt meine verletzte Hand an den Mund.

„Siehst du, Handschuhe wären unbedingt eine gute Idee gewesen“, sagte Cassie belehrend.

„Wie läuft's denn so bei euch?“, flüsterte Jake, gerade laut genug, dass ich ihn hören konnte.

„Prächtig“, nuschelte ich durch die geschlossenen Zähne. „Ich blute, und Fluffer hockt da oben im Baum.“

Ich hörte, wie Marco kicherte. Das hatte ich erwartet. Aber dann hörte ich auch Jake kichern.

Ich schaute hoch und sah zwei gelbgrün funkelnde Augen, die aus dem dunklen Baum zu mir herunterstarrten.

„Das hätte eigentlich der leichte Part sein sollen“, sagte ich. „Ich dachte, okay, wir gehen da rein und holen uns Fluffers DNS, und *dann* erst wird's ernst.“

„Wir haben da oben eine Katze im Baum sitzen“, sagte Cassie traurig. „Wisst ihr, wie schwer es ist, eine Katze von einem Baum herunterzukriegen?“

„Ich habe einen Plan“, sagte ich. „Tobias, bist du da oben?“

<Direkt über dir. Aber mach dir keine falschen Hoffnungen: ich werde *nicht* versuchen, mir einen übellaunigen Kater aus einem Baum zu greifen.>

„Darum wollte ich dich auch gar nicht bitten“, sagte ich.

Ich holte tief Luft. Heute Nacht kam aber auch wirklich alles zusammen.

„Was wir brauchen, ist eine Maus.“

KAPITEL 7

<Ich hab da was für dich. Eine Babymaus. Eine böse Babymaus. Sie versucht dauernd, mich zu beißen.>

Tobias kreiste dicht über unseren Köpfen, wobei er abwechselnd hinter den Baumkronen verschwand und wieder auftauchte. <Bist du bereit?>

Ich musste heftig schlucken. Dann winkte ich zu ihm hoch. Natürlich war ich bereit. Warum sollte ich mir nicht von einem Bussard eine Maus überreichen lassen? Das ist doch was völlig Normales.

Tobias flog tief und langsam. Wie eine Schale hielt ich meine Hände ausgestreckt. Mit erstaunlicher Präzision und perfektem Timing legte er mir die Maus in die Hände.

„Lass dich nicht von ihr beißen!“, warnte Cassie. „Wegen Tollwut.“

„Wunderbar“, murmelte ich. „Na, diese Nacht kann ja noch heiter werden.“

Im Grunde war ich dankbar für die Warnung. Die Maus zappelte ängstlich und versuchte zu entkommen. Ich spürte, wie ihre kleinen Mausebeinchen an meinen Handflächen scharrten.

„Ihr solltet euch alle gegen Tollwut impfen lassen“, sagte Cassie. „Im Ernst. Ich bin schon geimpft. Aber wenn wir uns mit wilden Tieren abgeben … Sei bloß vorsichtig, dass du nicht gebissen wirst.“

„Ich habe nicht vor, meinen Finger abknabbern zu lassen“, sagte ich.

„He, warte.“ Cassie drückte meine Hände auf, um besser sehen zu können. „Eine Maus ist das nicht. Das ist eine Spitzmaus! Siehst du die Augen? Sie sind zu klein. Und der Schwanz stimmt auch nicht. Das ist keine Babymaus, Tobias, sondern eine ausgewachsene Spitzmaus.“

<’tschuldigung. Ist das schlimm?>

Cassie zuckte mit den Schultern. „Weiß nicht. Ich weiß nur, dass es keine Maus ist.“

„Augenblick mal“, sagte Marco und fing an zu grinsen. „Rachel morpht sich in eine *Spitzmaus*? Wie sollen wir wissen, wann die Verwandlung abgeschlossen ist? Wie *wird* man etwas, das man schon ist?“

Wir waren alle zu nervös, um den Witz sehr komisch zu finden. Irgendwie kamen wir uns blöd vor, wie wir da so auf dem fremden Rasen standen. Wisst ihr, es gibt Momente, da kommt einem das Ganze so absolut irrsinnig vor.

„Okay, ich muss mich auf die Übernahme konzentrieren, also Ruhe jetzt“, sagte ich.

Mit Übernahme bezeichnen wir den Vorgang, wenn wir eine Probe von der DNS eines Tieres in uns aufnehmen. Die DNS ist der Stoff in den Zellen, der als eine Art Bauanleitung für das Tier dient.

Bei der Übernahme muss man sich ganz fest auf das Tier konzentrieren und alles andere verdrängen. Dann wird das Tier irgendwie schlapp, als ob es in Trance fällt. Das Ganze dauert nur etwa eine Minute.

Da die Spitzmaus so vor Angst piepste und bei ihren Befreiungsversuchen zappelte, fiel es mir nicht leicht, mich zu konzentrieren. Aber sie war dick, richtig fett. Ich weiß, dass Spitzmäuse nicht gefährlich sind, aber trotzdem. Bei solchen Viechern krieg ich echt ein bisschen die Panik.

Als ich fertig war, öffnete ich die Augen. „Okay, kleine Spitzmaus, danke für deine Hilfe. Jetzt darfst du wieder springen.“

„Ich bin nicht sicher, ob das eine gute Idee ist“, sagte Jake skeptisch.

„Ach?“ fragte Marco zynisch. „Du bist also nicht sicher, ob es eine gute Idee ist, dass sich Rachel in eine Spitzmaus verwandelt, um eine böse Katze von einem Baum herunterzulocken, damit sie sich in diese Katze morphen und in das Haus des stellvertretenden Schulleiters schleichen kann? Was beunruhigt dich an diesem Plan?“

Auch Cassie schaute etwas besorgt drein. „Rachel, du weißt ja, Katzen spielen mit einer Maus gern ein bisschen herum. Manchmal aber tun sie das nicht und setzen gleich zum Genickbiss an. Die Maus – oder Spitzmaus – ist auf der Stelle tot.“

<Sei vorsichtig, Rachel>, sagte Tobias. <Ich werde aufpassen, aber sei vorsichtig. Ich will nicht, dass dir was passiert.>

Er *sagte* es so, dass nur ich es hören konnte. Das wusste ich deshalb, weil niemand sonst reagierte.

Ich schaute nach oben und zwinkerte hinauf. Ich wusste, er würde es sehen. Dann rieb ich meine Hände gegeneinander. „Auf geht's, bringen wir's hinter uns."

Wieder konzentrierte ich mich auf die Spitzmaus. Sie war nun ein Teil von mir. Ich weiß nicht, wie das funktioniert, aber es klappt. Mithilfe der andalitischen Technologie wurde das DNS-Schema dieser Spitzmaus in meinem Körper gespeichert – vergleichbar einer Landkarte, anhand derer ich mich während meiner Verwandlung orientierte. Allerdings hatte ich keinen blassen Schimmer, wie ich das schaffte.

Die erste Empfindung war ein Gefühl des Schrumpfens. Es ist schon ein ganz schön weiter Weg von ein Meter fünfzig bis auf gerade mal gut zwei Zentimeter runter. Du meinst, du fällst ins Bodenlose; nur spürst du die ganze Zeit den Boden unter den Füßen.

Eben noch hatte ich Jake, Marco und Cassie in die Augen sehen können. Schon in der nächsten Minute erschienen mir ihre Gesichter hoch über mich hinaus gezoomt. An ihren Körpern entlang fiel ich in die Tiefe. Ich hatte den Eindruck, als wären sie riesige Wolkenkratzer und ich sei vom Dach gesprungen oder so was.

Mein Pulli sackte über mir zusammen wie ein großes, einstürzendes Zirkuszelt.

Es gab ein leises, mahlendes Geräusch, als meine Wirbelsäule auf ein Format schrumpfte, das kleiner war als mein kleiner Finger. Und da war dieses lästige, schmerzähnliche Gefühl, wie es bei manchen Morphs auftritt. Du weißt, es müsste eigentlich wehtun, aber es tut nicht richtig weh.

Ich konnte spüren, wie der Schwanz aus meinem Schwanzwirbel herauswuchs. Ein langer, haarloser Schwanz. Ziemlich unattraktiv.

Meine Beine verschwanden praktisch, so klein wurden sie. Ich war jetzt ein pummeliges, knapp fünf Zentimeter langes Fellknäuel mit vier winzigen Füßchen.

Dann überfiel mich die Angst. Die Spitzmausangst.

Sie traf mich so heftig, dass ich zu zittern begann. Ich klapperte und bebte vor Angst. Ich war umzingelt! Überall Beutejäger! Ich konnte sie riechen. Und ich konnte sie sehen – riesige, bedrohliche, sich langsam bewegende Kreaturen, die mich himmelhoch überragten.

„Rachel? Bist du okay da unten?" Das war Cassie. Sie befreite mich von dem Kleiderberg, der sich über mir auftürmte.

Ich hörte die Stimme und verstand sie auch irgendwie, aber es erinnerte eher an fernes Donnergrollen. Es hatte keine wirkliche Bedeutung. Zumindest nicht für die Spitzmaus.

Sie suchte nach einem Ausweg. Ihr Gehirn mochte in Panik versetzt worden sein, aber sie war auch erstaunlich klug. Sie beurteilte jeden nur denkbaren Fluchtweg. Sie maß die Entfernungen zwischen den drei Beinpaaren. Ein Beinpaar bewegte sich etwas.

Ich sauste davon wie ein geölter Blitz.

Laufen! *Laufen*! Grashalme schienen zwei Meter hoch. Zweige glichen umgestürzten Bäumen, über die ich krabbeln musste. Meine kleinen Füße bewegten sich wirbelnd schnell. Ich wich einem Käfer aus, der mir so groß erschien wie ein Hund.

„Rachel, krieg dich wieder unter Kontrolle!“

Ich wusste, dass sie Recht hatten. Ich verstand sogar irgendwie, was sie meinten. Aber die Angst war so mächtig, der Überlebenstrieb so stark.

Und gleichzeitig registrierte ich noch andere Gefühle. Hunger. Ich roch Nüsse. Ich witterte totes Fleisch. Ich roch sogar die Maden, von denen es in dem Aas wimmelte.

Und ich wollte sie. Ich weiß, das ist zu abgefahren, aber ich wollte diese Maden verspeisen.

Schwere Schritte stapften hinter mir! Hastig fuhr ich herum und duckte mich unter einen Busch. Die Schritte walzten vorüber, hielten an und machten kehrt. Nun kamen sie wieder auf mich zu.

Sie waren schneller als ich, aber nicht so wendig. Es gelang mir, zu entkommen. Jetzt konnte ich dem Aasgeruch folgen und mich voll stopfen!

<Rachel, ich bin es, Tobias. Die Spitzmaus hat die Kontrolle über dich. Du musst dich durchsetzen! Sag ihr, sie soll aufhören zu rennen!>

Angst! Hunger!

<Rachel, hör mir zu. Du entfernst dich von uns. Du musst die Kontrolle übernehmen.>

Angst! Hunger! Laufen!

Gras und Zweige und Erde. Niedrige, kratzige Äste über meinem Kopf. Der Duft von Nahrung. Der Geruch eines Hundes, der an diesen Busch gepinkelt hatte.

Noch mehr laute Schritte und von weitem grummelnde Stimmen, die irgendwas schrien. Sie versuchten mich zu fangen. Aber ich war schnell! Und schlau!

Aber nicht schlau genug. Ich rannte unter dem Busch hervor.

Wie einen Schatten in einem Schatten fühlte ich es zu mir herabkommen. Eine nie gekannte Furcht packte mich. Irgendetwas tief, tief im Inneren meines Spitzmausgehirns schrie auf.

Es war das absolute Entsetzen! Der ultimative Horror! Der Feind, den ich nicht besiegen konnte!

Und er kam mich holen!

KAPITEL 8

Ich duckte mich, aber zu langsam. Riesige Klauen schlossen sich um mich, und plötzlich liefen meine kleinen Füße in der Luft.

<Alles okay, Rachel. Ich bin's. Ich hab dich.>

Die Stimme war in meinem Kopf. Ich verstand die Worte. Sie besiegte endlich meine Angst. Ich klammerte mich an diese Stimme.

<Ganz ruhig, Rachel.>

Ich schaute nach unten und sah mit meinen schwachen Spitzmausaugen die Schatten unter mir dahinjagen.

<Ich halt dich fest, Rachel. Versuch ganz ruhig zu bleiben. Denk an was Menschliches. Denk an die Schule. Weißt du noch, die Schule?>

Schule? Ja. Ich erinnerte mich an die Schule.

Ganz plötzlich unterlag der Spitzmausverstand beim Ringen um die Kontrolle. Es war, als hätte man einen Schalter umgelegt. Ich hatte wieder die Kontrolle. Ich wusste, was ich war. Und vor allem wusste ich, *wer* ich war.

<In Ordnung, Tobias>, sagte ich. <Du kannst mich jetzt runterlassen.>

Er kreiste tiefer und landete samtweich am Boden.

<Habe ich dir mit meinen Krallen wehgetan?>

<Nein, ich denke nicht. Mir geht's gut.>

„Alles klar, Rachel?", hörte ich Jakes Stimme.

<Ja. Puh, das war völlig anders als das Elefantengehirn. Oder der Adler. Die sind beide so ruhig und gelassen, verglichen mit diesem kleinen Hektiker.>

„Das ist wie mit Jakes Echse", meinte Cassie. „Auch er geriet in Panik. Die anderen Tiere, in die wir uns morphten, waren alle irgendwie groß und dominant – Gorilla, Tiger. Mein Pferd allerdings war sehr schreckhaft."

<Hör mal, lass uns das jetzt hier komplett durchziehen, okay?>, sagte ich. <Mir gefällt es als Spitzmaus nicht besonders.>

Das war die größte Untertreibung aller Zeiten. Noch immer konnte ich den Tod riechen und tausende schlemmender Maden hören. Und für mich bedeuteten diese Dinge immer noch das Abendessen. Ich hatte schrecklichen Hunger.

„Bist du sicher, dass du da unten klarkommst?", fragte Marco. Ich sah ihn, wie er aus einer Million Kilometern Höhe zu mir hinabspähte. „Du wirkst immer noch etwas nervös. Dein Schwanz zuckt und dein Näschen schnuppert wie verrückt."

<Ja, ich weiß. Ich bin noch nervös. Bringen wir's doch einfach hinter uns. Du musst mich zu dem Baum zurückbringen, wo Fluffer ist. Ich weiß nicht, in welcher Richtung das ist.>

Bevor ich protestieren konnte, griff Marco nach unten und nahm mich schützend in seine Hände. Er hielt mich hoch und schaute mir in die Augen. „Hast nie anmutiger ausgesehen, Rachelbaby. Wärst echt gut als Covergirl."

Wir gingen den Häuserblock entlang. Marco setzte mich am Fuße des Baumes ab, in dessen Krone sich Fluffer noch immer versteckt hielt.

<Leute, ihr verdrückt euch besser mal>, sagte ich.

„Aber nicht zu weit", sagte Jake. „Wir müssen im Notfall rasch eingreifen können, um dich vor Fluffer zu retten."

<Oh, ich kann Fluffer in den Hintern treten>, sagte ich scherzhaft. Es war mir wohl etwas peinlich, die Kontrolle über mich nun wieder an die Spitzmaus abzutreten.

„Ho-hoh", sagte Marco trocken. „Katze gegen Maus. Auf wen würdest du wetten?"

„Habt ihr noch nie *Tom und Jerry* gesehen?", fragte Cassie. „Auf die Maus natürlich. Außerdem ist sie keine Maus."

Eins kann ich euch sagen: es macht keinen Spaß, in einem winzigen Spitzmauskörper auszuharren und abzuwarten, ob es einer monströsen Katze irgendwann einfällt, runterzukommen und dich zu töten. Das hier gehört zu den uncoolsten Dingen, die ich je gemacht habe. Ich hatte zwar das Spitzmausgehirn unter Kontrolle, aber das änderte nichts an der Tatsache, dass die Spitzmaus sich wie verrückt ängstigte. Erst von einem Bussard gepackt zu werden und jetzt darauf zu warten, ob der andere tödliche Feind der Spitzmaus zuschlagen würde … Jedenfalls schob der kleine Nager gehörig Panik.

Sie war keine glückliche Spitzmaus.

Ich war so damit beschäftigt, an den Hunger der Spitzmaus zu denken, dass ich nicht mitbekam, was als Nächstes passierte. Ich bemerkte es erst, als ich das Geräusch von kratzender Baumrinde drei Zentimeter über meinem Kopf hörte. Fluffer kam durch die Luft direkt auf mich zugeflogen!

Ich erstarrte!

Nicht so Jake und Marco.

Marco schnappte Fluffer mitten im Sprung. Zur Belohnung krallte Fluffer heftig nach ihm aus. Marco schrie auf und ließ fast die Katze fallen. Jake packte Fluffer beim Genick und Cassie rannte mit dem Katzenkorb herbei.

Den dreien gelang es, den schreienden, fauchenden und sich wie wild gebärdenden Fluffer in die Transportbox zu stopfen und die Tür zu schließen.

Derweil morphte ich mich, so schnell es ging, aus dem Spitzmauskörper zurück.

„Ich blute!", jammerte Marco.

„Wir bluten alle", kommentierte Cassie trocken. „Ich hab's euch doch gesagt: Katzen können fies sein, wenn man ihnen auf die Nerven geht."

Ich schoss vom Boden in die Höhe und schlüpfte in meinen normalen Körper zurück.

„Uah! Uah! Nie wieder eine Spitzmaus!", sagte ich, sobald ich meine Zunge und meine Lippen wieder hatte. Ich schaute mir über die Schulter, um mich zu vergewissern, dass ich nicht noch diesen ekligen Schwanz besaß.

Nichts. Ich war wieder ich selbst. Ich steckte in meinen Morphingklamotten und hatte keine Schuhe an, aber ich war wieder ein Mensch.

Mich schauderte. Die Erinnerung des Spitzmausgehirns, ihre Angst und ihr Hunger jagten mir eine Gänsehaut über den Rücken. Ich musste arg gegen meinen Brechreiz ankämpfen. Ich fühlte mich richtig seelisch krank.

Jake sah mich an und schüttelte den Kopf. „Ich hätte es tun sollen. Ich hätte mein Echsenmorph benützen sollen, um die Katze vom Baum herunterzulocken."

Ich schüttelte den Kopf. „Nein. Da bist du ausgeflippt."

„Und jetzt bist du ausgeflippt", sagte Jake. „Aber keine Sorge, du kommst drüber hinweg. Über das meiste. Wenigstens hast *du* keine Spinne gefressen."

„Stimmt. Hör mal, ich bin einfach müde, okay? Lass mich diese nervtötende Katze übernehmen und damit weitermachen."

„Hast du das immer noch vor?", fragte Cassie. „Zwei neue Morphs in einer Nacht übernehmen?"

„Ich hätte dich die Maus nicht machen lassen sollen. Äh, Spitzmaus. Wie auch immer", sagte Jake. Er guckte noch immer betreten.

„Hör zu, es war meine Idee, ja? Außerdem, seit wann *lässt* du mich Dinge machen? Wer bist du eigentlich – mein Boss? Doch wohl nicht. Also los." Ich verschränkte die Arme und lächelte tapfer. „Wollen doch mal sehen, wie sehr Fluffer mich mag, jetzt, wo ich größer bin als er."

Fluffer wollte uns wohl keine Probleme mehr machen. Vielmehr schlief er sogar in dem Katzenkorb. Und zwar so fest, als ginge ihn nichts in der Welt etwas an. Typische Katze. Er schnurrte sogar, als ich seine DNS übernahm.

Als ich fertig war, bemerkte ich, dass Cassie mich anlächelte.

„Was ist?“, fragte ich sie.

„Ich hab mir nur gerade überlegt, dass du zwar wie dieselbe alte Rachel aussiehst, aber jetzt hast du auch einen Elefanten, eine Spitzmaus, einen Adler und eine Katze in dir. Insgesamt vier Morphs. Das ist mehr als irgendjemand von uns.“ Ihr Blick war sorgenvoll. „Wir wissen noch immer nicht viel über dieses Morphen. Ob es wohl eine Grenze gibt, wie viele Morphs man machen kann?“

„Das werden wir noch sehen“, sagte Marco düster. „Vermutlich im ungünstigsten Moment.“

Ich fragte mich, ob sie Recht hatten. Es war definitiv ein seltsames, starkes Gefühl, zu wissen, dass ich mich in vier ganz verschiedene Tiere verwandeln konnte. Seltsam und stark und verwirrend. In mir hatte ich Tiere, die sich gegenseitig fraßen. Keine angenehme Vorstellung.

Plötzlich fühlte ich mich erschöpft. „Hört mal, Leute … Ich habe jetzt Fluffer übernommen. Aber den Rest sollten wir vielleicht erst morgen Nacht durchziehen. Ich bin … Ich weiß nicht, ob ich jetzt in Topform bin.“

„Noch mal eine Nacht“, sagte Jake bereitwillig. Er schien erleichtert. Ich glaube, er machte sich Sorgen um mich. So ist Jake eben.

„Ich denke, wir können Fluffer jetzt freilassen“, sagte Cassie. Sie öffnete die Transportbox, und vorsichtig kletterte der Kater heraus.

Ich sah ihm nach, wie er in der Dunkelheit verschwand.

„Wahrscheinlich killt er jetzt deine Spitzmaus“, spekulierte Marco.

Dieser Gedanke ließ mir noch mal das Blut in den Adern gefrieren.

KAPITEL 9

„Aaaaaaaahhh! Aaaaaah! Aaaaaaaaah!“

„Wach auf. Rachel, wach auf!“

„*Aaaah*! Oh. Oh. Oh.“ Ich setzte mich auf und rang nach Luft. Im Zimmer war es dunkel, dennoch konnte ich Kates Gesicht erkennen. Sie schüttelte mich.

Ich fühlte mein Gesicht. Lippen. Augen. Nase. Wie irre tastete ich an mir herunter. Mensch. Ich war ein Mensch. Kein Fell. Kein Schwanz. Mensch. Die Einzelheiten des Traums fielen mir schlagartig wieder ein.

„Oh, nein“, stöhnte ich. Ich schlug die Bettdecke zurück, stand strauchelnd auf und stolperte in Richtung Badezimmertür. Das Badezimmer verbindet mein Zimmer und das von Kate und Sara. Ich wollte das Licht anknipsen, verfehlte aber den Schalter. Vor der Toilette kniete ich mich hin und übergab mich.

Kate fragte ständig: „Was hast du, Rachel? Bist du krank? Ich geh lieber Mama holen.“

„Nein“, sagte ich, sobald ich sprechen konnte. „Nein, ich bin nicht krank. Weck Mama nicht auf.“ Zum Glück hat Klein-Sara einen gesegneten Schlaf.

Ich putzte mir die Zähne und trank einen Schluck Wasser. Verlegen blickte ich Kate an. Sie sieht mir keine Spur ähnlich. Ich glaube, ich schlage eher meinem Papa nach, und Kate ist mit ihrer dunklen Haar- und Augenfarbe eine kleine Kopie von Mama. Sie schien ordentlich verängstigt.

„Mir geht's gut", sagte ich noch mal. „Hatte bloß einen schlimmen Traum. Der ist mir irgendwie auf den Magen geschlagen, das ist alles. Jetzt bin ich wieder okay."

Kate beruhigte sich etwas. „Das muss aber ein böser Traum gewesen sein."

„Hm-m. Ich kann mich aber jetzt nicht mehr dran erinnern. Du kennst das doch. Träume verschwinden, wenn man wach ist, deshalb hat man nicht mal eine Erinnerung an sie."

„Das glaube ich dir nicht, dass du einen Traum vergisst, wegen dem du gerade geschrien *und* gekotzt hast."

Ich zuckte mit den Schultern. „Ich hab mich noch nie besonders gut an Träume erinnert. Geh jetzt lieber wieder ins Bett."

Sie sah mich ernst an. „Ich weiß, ich bin nur deine kleine Schwester und zwei Jahre jünger, aber du würdest es mir doch sagen, wenn dir was Schlimmes passiert ist? Also, ich würde Mama nichts verraten und auch sonst niemandem. Du kannst mir vertrauen."

Lächelnd drückte ich Kate an mich. „Ich weiß, dass ich dir vertrauen kann. Wenn irgendwas Schlimmes passiert, dann sage ich's dir." Das war natürlich gelogen, und wegen dieser Lüge fühlte ich mich noch mieser. Ich vertraute

Kate. In meinem Herzen wusste ich, dass sie kein Controller war.

Na ja, das hatte Jake von Tom auch behauptet.

Ich drückte meine Schwester noch etwas stärker. Ich hasste es, wie der Argwohn in jeden Winkel meines Verstandes hineingekrochen war. Und dass ich mir nicht hundertprozentig sicher war, ob ich ihr vertrauen konnte.

„Gute Nacht", sagte ich. „Danke, dass du mich aus diesem Albtraum gerettet hast. Was immer es auch war."

Kate war schon auf dem Weg in ihr Zimmer, als sie sich noch mal umdrehte. Gegen das grelle Licht der Badezimmerlampe sah ich sie nur als einen Schatten. „Bevor du anfingst zu schreien, hast du was gerufen."

„Was denn?", fragte ich und fürchtete schon die Antwort.

Sie sah verwirrt aus. „Ich glaube, es hieß *Maden.* Irgend so was."

Ich lächelte krampfhaft. „Gute Nacht, Kate."

Ich kroch in mein Bett zurück. Das Kissen war schweißnass. Das Laken war klamm.

Maden. Wuselige, krabbelnde, emsige, kleine, weiße Maden. Sie waren überall auf einem Klumpen aus verwestem Fleisch und Fell. In meinem Traum war es eine tote Katze. Eine tote Katze, über und über mit Ungeziefer bedeckt, das sich über das verfaulte Fleisch hermachte.

Eine Spitzmaus gesellte sich dazu und labte sich mit gleicher Freude an dem Aas wie an den lebenden Maden.

Im Traum wusste ich: Diese Spitzmaus war *ich.*

„Du siehst müde aus“, sagte Jake am nächsten Morgen. Wir nahmen denselben Bus zur Schule.

„Danke“, erwiderte ich mürrisch.

„Hast wohl letzte Nacht nicht genug geschlafen?“

„Ja, wahrscheinlich, wenn ich so schlecht aussehe, wie du sagst.“

„Ich hab nicht gesagt, dass du schlecht aussiehst, sondern ich sprach nur von müde.“ Er zögerte und schaute sich über die Schulter, um zu prüfen, ob irgendjemand zuhörte. Zum Glück war der Geräuschpegel im Bus ziemlich hoch. Jake senkte die Stimme und beugte sich dicht zu meinem Ohr hin. „Dir hat doch die Spitzmaus nicht zu viel Angst eingejagt, oder?“

„Wieso? Glaubst du, bloß weil ich ein Mädchen bin, hätte mir die Spitzmaus mehr ausgemacht als dir oder Marco?“

„Nein, das ist es gar nicht“, sagte er ernst. „Es ist nur … schau mal, als ich in diesem Echsenmorph steckte, machte mich das fertig. Ich bekam Albträume …“

„Albträume?“, entfuhr es mir zu laut. Dann schraubte ich meine Stimme auf Flüsterlautstärke herunter. „Albträume?“

„Oh, ja. Absolut. Als ich mich in den Tiger morphte, hatte ich auch Träume, aber keine Albträume.“

„Was für Träume?“

Er lächelte. „Irgendwie cool, ehrlich. Wie ich so nachts durch einen dunklen Wald streunte. Ich war auf der Jagd nach etwas. Einerseits wollte ich es erwischen, aber zugleich hatte ich das Gefühl, wenn's nicht klappt, wäre das auch okay. Denn einfach so durch den Wald zu rennen und zu pirschen und dann wieder ein Stück zu rennen, war das Tollste auf der Welt."

Ich nickte. „Das Gefühl hatte ich nach dem Elefantenmorph. Es war dieses unglaubliche Gefühl, riesig und unbesiegbar zu sein. Als ob es nichts geben könnte, wovor ich Angst hätte."

„Aber bei der Spitzmaus war's anders, oder? Genau wie bei der Echse."

„Das liegt vermutlich an den unterschiedlichen Charakteren der Tiere. Vielleicht passen manche gut zu unseren Menschenhirnen, andere vielleicht weniger." Ich schaute eine Zeit lang aus dem Fenster. Dann sagte ich: „Weißt du, was mir Angst macht?"

Zu meinem Erstaunen nickte Jake. „Ja. Du hast Angst, dass wir uns eines Tages noch in Schaben oder so morphen müssen."

Mich schauderte allein bei dem Gedanken. „Das werde ich wohl nicht tun. Das wäre wohl zu viel des Guten."

„Na ja, dein nächstes Rendezvous ist mit einer Katze. Tobias war eine Katze. Er fand das wahnsinnig cool. Ihm hat's Spaß gemacht. Genauso wie mir das Hundedasein echt Spaß gemacht hat. Manchmal, wenn ich mich traurig fühle, wünsche ich mir wirklich, ich könnte einfach morphen. Hunde wissen, wie man sich amüsiert."

Der Bus hielt vor der Schule. „Und wieder mal beginnt ein neuer Schultag. Alltagstrott." Ich betrachtete die Schar

der Kinder, die auf dem Rasen und den Treppen durcheinander liefen. Da entdeckte ich Melissa.

„Bis später, Jake“, sagte ich. „Und danke.“

„Keine Ursache. Wir hängen alle gemeinsam in der Sache drin.“

Ich drängte zum Ausgang und rannte zu Melissa hinüber. Aber als ich sie eingeholt hatte, sah ich, dass ihre Augen gerötet und verquollen waren.

Sie hatte geweint.

Ich wusste nicht, was ich tun sollte. Früher wäre ich einfach zu ihr gegangen und hätte sie gefragt, was los ist.

„Hallo, Melissa. Na, wie geht's?“

Sie sah mich verwirrt an. „Was?“

„Ich sagte: Na, wie geht's?“

Sie schüttelte langsam den Kopf, als könne sie nicht glauben, dass ich überhaupt mit ihr sprach. „Was kümmert dich das?“

„Melissa, natürlich kümmert es mich. Was ist denn los?“

Ihre Augen wurden irgendwie glasig. Sie schien nur noch die Luft direkt vor ihrem Gesicht zu sehen. „Was los ist? Alles läuft schief. Und nichts läuft schief. Aber trotzdem, es läuft alles schief.“

„Melissa, wovon redest du?“

„Vergiss es“, sagte sie. Sie wollte weg.

Ich packte sie am Arm. „Hör mal, du kannst mit mir reden. Ich bin noch immer deine Freundin. Es hat sich nichts geändert.“

„Lass mich in Ruhe“, sagte sie verbissen. „Nichts ist mehr wie früher. *Alle* haben sich verändert. Du bist nicht mehr meine Freundin. Und meine Mama und mein Papa …“

„Was?“, bedrängte ich sie.

Die Schulglocke schrillte laut.

„Ich muss gehen.“ Sie zog ihren Arm weg.

Was konnte ich tun? Ich ließ sie los. Was hatte sie mir nur über ihren Vater sagen wollen? Ob sie entdeckt hatte, was ihr Vater war? Oder vielmehr, was aus ihm geworden war?

Gedankenversunken ging ich die Treppe zur Schule hoch. Als ich die Tür öffnete, stieß ich mit jemandem zusammen.

„Hoppla, junge Dame, pass auf, wo du hinläufst.“

„Mister Chapman!“, zuckte ich erschrocken zurück. Er stand direkt vor mir!

Ihr müsst euch vorstellen: das war der Mann, der damals einem Hork-Bajir-Soldaten befohlen hatte, uns alle zu töten, wenn er uns in die Finger bekäme. Uns zu töten und nur unsere Köpfe zwecks Identifizierung übrig zu lassen.

So was vergisst man nie mehr.

Er sah mich bohrend an. „Was ist los mit dir, Rachel? Etwas nervös heute Morgen?“

Ich nickte. „Ja, Sir. Ich habe wohl nicht so gut geschlafen.“

„Schlimme Träume?“, fragte er.

Mein Mund war wie ausgetrocknet. „Ich glaube schon, Mister Chapman."

Er lächelte. Ein normales menschliches Lächeln. Dabei zeigten sich sogar ein paar Fältchen um seine Augen. „Nun, schüttel das einfach ab. Albträume sind nicht real, weißt du."

„Meistens wenigstens", murmelte ich.

KAPITEL 10

Am folgenden Abend konnten wir nicht zu den Chapmans gehen, weil Marco und ich beide ein Referat schreiben mussten. Und am Abend darauf feierte Cassies Vater seinen Geburtstag.

Endlich aber standen wir wieder auf der Straße vor dem Haus der Chapmans. Es war kurz vor acht.

Fluffer trieb sich draußen herum. Er schnupperte vier Häuserblocks weiter an einem Zaunpfahl, wo ein anderer Kater seine Duftmarke hinterlassen hatte.

„Bist du bereit?“, fragte mich Jake.

Ich nickte.

„Wirklich?“, fragte Cassie. „Du kannst ablehnen, wenn du willst. Wir müssen das nicht heute Nacht durchziehen.“

„Je eher, desto besser“, sagte ich. „Jeder von uns weiß, dass in dem Haus was nicht stimmt. Melissa ist nach wie vor meine Freundin. Vielleicht kann ich ihr irgendwie helfen.“

„Deine Aufgabe lautet nicht, Melissa Chapman zu helfen“, wies mich Marco zurecht. „Du sollst Chapman ausspionieren. Du sollst eine Möglichkeit auskundschaften, wie wir an die Yirks rankommen, damit wir uns alle in wilde Tiere verwandeln und uns endlich umbringen lassen können."

„Ich weiß, warum ich das tue, Marco", sagte ich.

Er nickte. „In Ordnung. Also, pass auf dich auf da drin. Du hast es mit einem stellvertretenden Schulleiter zu tun. Wenn der rausfindet, dass du als Katze in seinem Haus herumgeschnüffelt hast, dann kriegst du bestimmt ein Jahr lang Nachsitzen aufgebrummt."

Wir lachten alle. Als ob ich mich vor Nachsitzen fürchten würde. Marco ist manchmal schon ätzend, aber dann wieder kann er einen zum Lachen bringen, wenn man es echt braucht.

„Ich bin so weit", sagte ich und winkte zum dunklen Himmel hinauf. Tobias kam herabgesegelt, breitete zum Abbremsen seine Schwingen aus und landete auf dem Zaun neben uns.

„Wie sieht's von da oben aus, Tobias?", fragte Jake.

<Gut schaut's aus. Die Katze ist nicht in der Nähe vom Haus. Es ist niemand unterwegs, außer da drüben in der Loughlin Street. Da sind ein paar Autos, aber sie kommen nicht auf euch zu.>

„Als Einbrecher hast du echt Zukunft", sagte Marco zu Tobias. „Wir können Häuser ausrauben, und Jake darf Spiderman spielen und uns fangen."

„Okay, ich bin bereit", verkündete ich.

Tobias schickte mir eine private Botschaft. <Rachel, wenn irgendwelche Probleme auftauchen, versuch einfach

ins Freie zu gelangen. Ich kann dich aus jeder Gefahr rausheben.>

Ich bereitete mich auf das Morphen vor. Dazu konzentrierte ich mich auf Fluffer, was mir nicht schwer fiel. Ich hatte ein sehr klares geistiges Bild von Fluffer, wie er aus diesem Baum auf mich herabstürzte und mich töten wollte, als ich eine Spitzmaus war.

Im Inneren meines Körpers war Fluffers DNS abrufbereit gespeichert. Ich brauchte mich nur … zu konzentrieren … konzentrieren …

Jedes Morphen läuft anders ab. Vor allem beim ersten Mal, wenn man noch gar nicht daran denken kann, wie der Ablauf gesteuert wird. Selbst Cassie kann das erste Morphen nicht kontrollieren.

Jetzt, bei Fluffer, begann es mit dem Fell. Zuerst wuchsen die schwarzen Haare, dann folgten die weißen. Mein Fell war schon fast ganz da, während ich noch größtenteils ein Mensch war. Buschiges Fell wuchs an meinen Armen. An den Beinen. Im Gesicht. Fell und Schnurrhaare, und auch der Rest folgte in der gleichen Weise.

„Oh, das ist cool!“, sagte Cassie. Sie starrte mich an und setzte ihr breites Grinsen auf. „Das ist megacool. Du siehst spitzenmäßig aus.“

Marco und Jake nickten zustimmend.

„Das ist unheimlich und auch irgendwie hübsch“, sagte Marco. „Ich finde, du solltest Werbung für Katzenfutter machen. Du singst ein Liedchen, tanzt vielleicht noch ein wenig. Das wäre *der* Knüller.“

Ich begann zu schrumpfen. Aber seltsam war das schon, denn während ich schrumpfte und mir meine Klamotten vom Leib rutschten, hatte ich nicht das Gefühl, kleiner zu werden. Ich hatte eher den Eindruck, dass ich stärker wurde.

Es war, als würde ich dieses ganze unnütze Zeug abstoßen, diese plumpen, langen Beine und diese lächerlichen, schwachen Arme. Ich hatte das Gefühl, als sei ich auf das absolut Wesentlichste reduziert worden. Als bestünde ich nicht mal mehr aus Fleisch und Knochen.

Ich fühlte mich wie flüssiger Stahl.

Ich spürte nicht die Angst der Spitzmaus, ebenso wenig die unerschütterliche Zuversicht des Elefanten oder des Adlers. Das hier war anders. Sicher hatte ich Angst. Doch unter der Angst ruhten Zuversicht und Vertrauen. Der Kater wusste, dass da draußen Feinde lauerten. Er wusste aber auch, dass er damit fertig werden konnte.

Ich fühlte mich … taff. Das war's – taff.

Dann übermittelten die Sinne der Katze die ersten Botschaften an mein Gehirn.

<Wow!>, rief ich überrascht. <Plötzlich ist die Nacht ein Fremdwort! Das ist echt der Wahnsinn. Was man da alles im Dunkeln erkennt!>

„Das Sehvermögen einer Katze ist ungefähr achtmal besser als das des Menschen", sagte Cassie hilfsbereit. „Ich hab es nachgeschlagen."

„*Acht Mal*?", wiederholte Marco. „Nicht sieben- oder neunmal? Wie messen die das?"

Das Seltsame war jedoch nicht, wie *gut* ich sah, sondern *was* ich bemerkte.

Ein Mensch wird zum Beispiel Farben registrieren. Nun kann eine Katze auch Farben erkennen, mehr oder weniger. Sie macht sich bloß nichts aus Farben. Sie denkt sich: ‚Okay, das Ding ist rot. Wen kümmert's?'

Was Katzen wirklich registrieren, sind Bewegungen. Wenn sich irgendwas bewegt, und sei es auch noch so schwach, dann sieht das die Katze. Ich stand da auf dem Rasen, schaute mit meinen großen Katzenaugen um mich und sah nichts außer Bewegung.

Ich sah jeden einzelnen Grashalm im Wind schaukeln. Ich sah jeden Käfer, der auf diesen Halmen herumturnte. Ich sah jeden Vogel auf jedem Baum, wie er sein Gefieder aufplusterte. Und, oh Mann, sah ich vielleicht viele Mäuse, Eichhörnchen und Ratten!

Da saß eine Maus in gut fünf Meter Entfernung. Als sie damit zuckte, konnte ich jedes einzelne Schnurrhaar an ihrem Schnäuzchen erkennen.

Dinge, die bewegungslos waren, fand ich langweilig. Wenn die Maus einfach ganz reglos sitzen bliebe, würde ich vergessen, dass sie überhaupt existierte.

„Wie geht's dir so?", fragte mich Jake.

Ich hatte gar keine Mühe, seine Stimme zu hören. Aber das war nicht wichtig. Es hatte keine Bedeutung. Die Maus machte ein winzig kleines Kratzgeräusch, als sie ihre kleinen Zähne um eine Nuss schloss und sie aufzubeißen versuchte.

Dieses Geräusch *war* mir wichtig. Sehr wichtig sogar.

„Rachel, kannst du uns hören? Ich bin's, Cassie."

<Ja, ich kann euch hören. Offenbar kann ich mich nur nicht sehr gut auf euch konzentrieren. Hier gibt es so viele andere Dinge zu hören und sehen und riechen.>

„Na ja, wenigstens rennt sie diesmal nicht wie bekloppt durch die Gegend", sagte Marco.

Plötzlich spürte ich etwas über meinem Kopf – eine Silhouette, einen Schatten, eine Gestalt. Blitzschnell drehte ich den Kopf. Ich legte die Ohren ganz flach an. Meine Rückenhaare sträubten sich, und mein Schwanz wurde dreimal so buschig wie sonst. Ich fuhr meine Krallen aus. Dann fauchte ich und zeigte die Zähne.

Das alles geschah im Bruchteil einer Sekunde. Ich war bereit zum Kampf.

Und was immer mich da angriff – es sollte ihm noch Leid tun, dass es sich mit Fluffer McKitty angelegt hatte.

„*Grrrmiiiaauu!*"

KAPITEL 11

Ich war bereit zum Kampf. *Voll auf Touren*! Töten oder getötet werden.

Es fühlt sich so cool an, wenn die messerscharfen Krallen aus den samtigen, rosigen Pfotenballen hervorgleiten.

„Rachel, krieg dich wieder ein, das ist doch bloß Tobias", sagte Cassie besänftigend. „Tobias? Du solltest vielleicht besser wegbleiben", rief sie nach oben in die Luft. „Katzen ist die Angst vor großen Vögeln genetisch einprogrammiert."

Das stimmte. Tobias' Schatten hatte mir gehörige Angst eingejagt. Das Merkwürdige daran war, dass ich diese Angst mit der Spitzmaus teilte.

Aber es war doch irgendwie anders. Hier schwang auch Wut mit. Aber das traf es auch nicht genau. Ich glaube, es war gar keine echte Gefühlsregung. Als ich gefaucht hatte, versuchte ich bloß etwas mitzuteilen. Und die Botschaft, die ich mitzuteilen versuchte, lautete: ‚Komm mir nicht zu nahe. Du magst zwar größer sein als ich, mir Angst machen und mich in die Flucht schlagen, aber wenn's sein muss, bin ich bereit zum Kampf.'

Das war meine ganze Katzenbotschaft an die Welt: Legt euch nicht mit mir an. Kommt mir nicht in die Quere. Berührt mich nicht, wenn ich das nicht mag. Versucht nicht, mich von dem abzuhalten, was ich mir in den Kopf gesetzt habe.

Ich genügte mir völlig. Mir fehlte nichts. Ich brauchte nichts außer mir. Meinem menschlichen Selbst erschien das merkwürdig einsam, gleichzeitig aber war alles irgendwie sehr lässig.

<Mir geht's gut>, sagte ich. <Ich glaub, ich hab mich ziemlich gut unter Kontrolle.>

„Wie ist's denn so als Katze?“, fragte Cassie.

<Es ist wie … Kennst du diese alten Westernfilme mit Clint Eastwood? Er spielt einen Revolverhelden und betritt den Saloon, und alle weichen vor ihm zurück? Und dabei ist er nicht wirklich auf Ärger aus, nur sollte man ihn besser nicht reizen. So ist das. Ich fühle mich echt wie Clint Eastwood.>

„Meinst du, du schaffst es?“, fragte mich Jake.

<Oh, ja. Ich kann *alles* schaffen.>

„Lass dich nicht von der Überheblichkeit der Katze in Schwierigkeiten bringen“, riet Marco. „Behalte einen kleinen Rest von deiner guten, alten Menschenangst.“

Er machte eine Pause.

„Oh, ich hab vergessen, Super-Rachel hat ja gar keine gute, alte Menschenangst. Also, du machst Folgendes: Du leihst dir was von *meiner* guten, alten Menschenangst. Ich hab nämlich 'ne Menge davon übrig.“

„Er hat Recht, Rachel“, meinte auch Cassie. „Bleib konzentriert und werd jetzt nicht arrogant.“

Ich drehte mich nach der Maus um. Endlich hatte sie die Nuss geknackt. Ich konnte sie töten, dessen war ich mir sicher. Es war ein kleiner, plumper Mäuserich, und ich würde ihn mit links fangen. Aber ich war nicht hungrig. Deshalb durfte er noch ein Weilchen leben.

<Kein Problem>, sagte ich.

„Wir sind hier, falls du Probleme kriegst“, beruhigte mich Cassie.

<Ich miaue, wenn ich Hilfe brauche. Keine Sorge. Ich hab jetzt die Kontrolle. Es wird gut laufen.>

Die Wahrheit aber ist, dass ich ein bisschen schwindelte. Ich hatte den Kater nämlich nicht ganz unter Kontrolle. Aus irgendeinem Grund *wollte* ich den Kater nicht völlig kontrollieren. Irgendwie mochte ich sein überhebliches Getue. Es machte mich selbstsicherer. Und was immer die anderen von mir dachten – ich brauchte so viel Selbstvertrauen, wie ich nur haben konnte.

„Die Morphuhr läuft“, sagte Cassie. „Es ist jetzt viertel vor acht. Denk daran.“

Auf flinken Pfoten trabte ich den Gehweg hinunter zum Haus der Chapmans. Sobald ich losgelaufen war, dachte ich: *Oh, Mann, wenn ich bloß davon was in meinen nächsten Turnkurs hinüberretten könnte.*

Das Tier hatte mehr Grazie und Anmut, als man sich als Mensch vorstellen kann. Ich kam an einem Holzzaun vorbei. Hoch oben, in etwa einem Meter Höhe, befand sich ein

Geländer. Ich schaute hinauf und dann, bevor ich auch nur darüber nachdenken konnte, sprang ich. Meine kräftigen Hinterbeine schnellten mich wie auf Sprungfedern in die Höhe.

Ich segelte durch die Luft. Einen Meter senkrecht in die Höhe, und ich war nur ein Tier von gerade mal dreißig Zentimetern Höhe. Im Vergleich dazu müsste ein Mensch aus dem Stand auf das Dach eines zweistöckigen Hauses springen.

Und das war absolut *nichts.* Es passierte einfach automatisch. Ich wollte springen – also tat ich es. Ich wollte auf einem fünf Zentimeter schmalen Geländer landen – natürlich kein Problem.

Verglichen mit einer Katze ist selbst die beste Turnerin aller Zeiten nichts anderes als eine fette, unbeholfene Kuh.

„Ähm, Rachel, was machst du da eigentlich?", fragte Jake.

Da standen sie alle und guckten mich an. Ich hatte völlig vergessen, dass sie noch da waren.

<Ich übe bloß>, sagte ich und sprang wieder ins Gras runter. Okay, mach erst deinen Job, befahl ich mir energisch. Über die Katzenolympiade kannst du dir später Gedanken machen.

Erneut lief ich auf das Haus zu, aber diesmal zwang mich irgendwas zum Stehen. Es war ein Telegrafenmast. Der Duft, der von ihm ausging, war überwältigend. Ich lief zu ihm hin und beschnupperte ihn gründlich. Die Luft gelangte in eine Reihe von Kammern über meinem Gaumen. Dort würde sie bleiben, auch während ich weiteratmete. Auf diese Weise konnte ich dem Geruch jede noch so kleine Information entreißen.

Es handelte sich eindeutig um den Duft eines Katers. Ein Kater hatte an diesen Mast gepinkelt und ihn damit markiert. Er war ein dominanter Kater. Sehr dominant. Sein Duft machte mich nervös. Nicht ängstlich, nur etwas weniger arrogant als vorher. Wenn dieser Kater auftauchte, würde ich mich unterwerfen müssen. Ich würde mich kleiner und weniger bedrohlich machen und seine Überlegenheit akzeptieren müssen.

Oder ich konnte mit ihm kämpfen und Prügel kassieren.

Das war die Lage. All das steckte in dem Geruch seines Urins, wo jede Katze es lesen konnte.

Ich trabte wieder auf das Haus der Chapmans zu.

<Rachel, hast du dich auch sicher unter Kontrolle?>, hörte ich Tobias' Stimme in meinem Kopf. <Wieso bist du stehen geblieben und hast diesen Mast beschnuppert?>

<Ich dachte, ich sollte wie eine echte Katze wirken>, sagte ich. <Diese Rolle habe ich gerade gespielt.>

<Wenn du meinst>, sagte er voller Zweifel. <Nur merke dir: für eine gewisse Zeit ist es lustig, ein Tier zu sein. Der Spaß hört schnell auf, wenn es für dauernd ist. Der Zwei-Stunden-Countdown läuft. Tick-tack.>

Plötzlich war ich hellwach, als hätte man mir einen Eimer kaltes Wasser ins Gesicht geleert. Ich sammelte meinen Menschenverstand und kontrollierte den Verstand der

Katze stärker. Aber das war nicht einfach. Der Katzenverstand begriff nicht einmal die Vorstellung, was Gehorsam bedeutete.

Deshalb benützte ich etwas, worauf die Katze reagieren würde. Ich beschwor die Erinnerung an den Duft des großen Katers. Dies löste bei der Katze ein unterwürfiges Verhalten aus. Ich fühlte, wie mein Anteil am gemeinschaftlichen Verstand größer wurde.

<Du bist fast da>, sagte Tobias. <Das ist der richtige Hof.>

<Ja, ich weiß. Mein Duft ist überall. Die ganze Gegend hier riecht nach mir. Hier bin ich daheim. Das gehört alles mir.>

<Rachel, das gehört alles *Chapman.* Und Chapman gehört Visser Drei. Vergiss das nicht.>

Ich trabte zur Katzenklappe. Chapman. Visser Drei. Na und? Ich war eine Mischung aus Rachel und Fluffer. Was kümmerten mich Chapman und Visser Drei?

Drinnen im Haus war es hell. Meine Augen passten sich sofort an. Meine Nase fing den Geruch von Katzenfutter auf; es war aber schon zu trocken und zu alt, als dass es mich noch interessiert hätte. Und ich roch die Menschen: Melissa, Mr Chapman und Mrs Chapman. Fragt mich jetzt nicht, woher ich wusste, dass es diese drei Personen waren. Ich wusste es einfach.

Im Staub hinter dem Kühlschrank entdeckte ich eine Küchenschabe. Nicht interessant für mich. Schaben machten manchmal interessante Kratzgeräusche, und es war lustig, ihnen beim Rennen zuzusehen. Aber sie schmeckten übel. Sie waren keine Beute.

Da, horch! Flinke Bewegungen!

Füße. Menschenfüße. Ich brauchte nicht mal hochzusehen. Es war Mrs Chapman.

Der Motor des Kühlschranks gab einen hohen, lästigen Pfeifton von sich. Von draußen kamen auch Geräusche von Vögeln. Sie hatten ein Nest oben unter dem Dachgebälk.

Dann hörte ich Melissas Stimme.

Wo war sie? Ich sah sie nirgends. Es klang sehr gedämpft.

Ich versuchte mich zu konzentrieren und spitzte die Ohren. Der Ton kam von oben. Und er schien weit entfernt.

Sie war in ihrem Zimmer, das war es. Ich konnte die Worte nicht klar verstehen, aber ich wusste, dass sie was vor sich hinmurmelte.

Ich trabte über den Küchenboden. Als *Rachel* wusste ich, dass ich *Angst* haben sollte. Aber das ging nicht. Alles hier roch nach mir. Meine Duftdrüsen hatten überall ihre Duftmarken hinterlassen – auf dieser Tür, an jenem Schrank, an diesem Stuhl. Das beruhigte mich.

Der Duft des großen, dominanten Katers war hier drin nicht. Nein, hier drin gab es gar keine anderen Katzen. Nur menschliche Gerüche, und die waren nicht sehr wichtig.

Ich verließ die Küche und blieb an der Ecke zwischen Flur und Wohnzimmer stehen. Dort, im Wohnzimmer, war Chapman. Ich konnte ihn riechen. Er saß auf der Couch. Ich blickte zu ihm hinüber und ging weiter.

Doch dann blieb ich stehen. Mein Menschenhirn meldete, dass irgendwas an dem Bild nicht stimmte. Chapman saß einfach nur auf der Couch. Kein Fernsehen. Keine Musik. Auch keine Buch- oder Zeitungslektüre. Er saß einfach nur da.

Ich wandte mich wieder in Richtung Küche. Ich schaute zu Mrs Chapman hoch. Irgendwas machte sie am Spülbecken. Vielleicht Geschirr spülen? Nein, sie schnippelte Gemüse. Aber auch hier wieder kein Fernsehen. Keine Musik. Sie summte nicht vor sich hin. Sie führte auch keine Selbstgespräche wie meine Mama, wenn sie in der Küche arbeitet.

Nicht in Ordnung. Irgendetwas stimmte mit den beiden Chapmans nicht.

Ich lief zurück auf den Flur. Eine Treppe führte nach oben zu den Schlafzimmern. Vom Flur aus konnte ich Melissa deutlicher hören. Ich konzentrierte mich und versuchte die faszinierenden Geräusche der Vögel unter dem Dachstuhl zu ignorieren. Ich richtete alle Aufmerksamkeit auf die menschlichen Laute von Melissas Stimme.

„… geteilt durch Wurzel aus … nein, halt. Nein, Quadratwurzel mal … Stimmt das?“

Sie machte ihre Hausaufgaben. Für Mathe, wie es schien.

Sollte *ich* eigentlich auch tun, dachte ich. Schuldgefühle beschlichen mich. Anstatt meine Hausaufgaben zu machen, kroch ich im Haus meiner Freundin herum und spionierte sie und ihre Eltern aus.

Ich versuchte eine Uhr zu finden. Ich musste die Zeit im Auge behalten. Um viertel vor zehn würden meine zwei Stunden um sein. Bis dahin wollte ich mich schon lange wieder in meine normale Gestalt zurückmorphen. Hoffentlich käme ich daheim noch dazu, meine Matheaufgaben zu erledigen und mich wenigstens ein bisschen in Gemeinschaftskunde einzulesen.

Da entdeckte ich eine Uhr. Sie hing über dem Kaminsims, eingerahmt zwischen Fotos von den Chapmans und Melissa. Die Uhr zeigte drei Minuten vor acht. Ich hatte reichlich Zeit.

Eine plötzliche Bewegung!

Oh, nur Chapman, der gerade aufstand.

Der Katzenteil von mir war weder so noch anderweitig an Chapman interessiert. Aber ich zwang mich, wachsam zu sein. Es war wichtig, ihn zu beobachten. Deshalb war ich ja hier.

Ist er eine Beute?, schien das Katzenhirn zu fragen.

Ja. Jawohl, sagte ich dem Katzenhirn.

Chapman ist unsere Beute.

KAPITEL 12

Ich folgte Chapman auf seinem Weg den Flur hinab. Entweder bemerkte er mich nicht, oder es war ihm egal.

Er öffnete eine Tür, aus der sich eine Flut von Gerüchen ergoss. Feuchtigkeit. Mehltau. Kakerlaken.

<Rachel? Wie geht's dir da drin?>

Ich zuckte überrascht zusammen. Eine für Katzen sehr untypische Bewegung.

Tobias. Er musste ziemlich in der Nähe sein, damit ich seine Gedankensprache hören konnte. Wahrscheinlich hockte er oben auf dem Dach oder auf dem Ast eines nahen Baumes. Ich spitzte meine feinen Katzenohren. Die Vögel unter dem Dachstuhl waren still. Sie hatten Angst vor dem großen Bussard.

<Mir geht's gut>, sagte ich. <Aber du hast mich beinahe zu Tode erschreckt!>

<Tut mir Leid. Ich war eben in Sorge.>

<Na ja, Schwamm drüber. Ich folge Chapman in den Keller.>

<Warum?>

<Weil er dort hingeht, meine Güte>, sagte ich. Irgendwie nervten mich Tobias' menschliche Worte. Er wollte, dass ich ihm Beachtung schenkte, und mir fiel das schwer. Der Katze waren seine Worte gleichgültig. Sie wollte nur runtergehen und sich im Keller umschauen. Zum Glück wollte ich das auch.

Ich trippelte hinter Chapman die schlichte Holztreppe hinab. Eine ziemlich verrückte Erfahrung übrigens. Als Katze abwärts zu steigen, verursachte mir Schwindelgefühle. Ich meine, ich ging mit dem Kopf voraus abwärts. Schon seltsam.

<Hör mal, Tobias, ich find's ja sehr nett von dir, dass du auf mich aufpasst. Aber ich bin grad schwer beschäftigt.>

<Verstehe. Ich kann dich sowieso nicht sehr gut hören. Du entfernst dich von mir.>

<Ja, ich geh jetzt runter.> Ich wartete einen Moment. Er sagte nichts. <Tobias?>, rief ich. Doch es kam keine Antwort. Wir sind noch längst keine Experten in Gedankensprache. Wir wissen zwar, dass die Hörentfernung hierbei Grenzen hat. Aber wo die liegen, wissen wir nicht genau.

Der Keller war komplett holzvertäfelt. An der Decke aus blankem Holz fanden sich viele Spinnen und anderes interessantes Getier. Allerdings gab's hier keine Mäuse. Nichts, was als richtige Beute gelten könnte. Dafür viele Dinge, die zu jagen Spaß bereiten könnte.

Chapman ist die Beute, ermahnte ich mich. *Wir jagen Chapman.*

Da unten gab es eine Art Fernsehraum mit einem Billardtisch, ein paar alten Sesseln und einem Sofa. Anscheinend waren die Sachen lange nicht benutzt worden. An ihnen hafteten keine menschlichen Gerüche. Alles war staubig, und innen im Fernseher konnte ich Spinnen krabbeln hören.

Der einzige Teil des Kellers, der offenbar genutzt wurde, war ein Weg quer über den Fußboden. Ich witterte die Gerüche, die Chapman hier mit seinen Schuhen hinterlassen hatte.

Er lief schnurgerade durch den Keller auf eine Tür zu. Es war eine schlichte, weiß gestrichene Tür. Chapman kramte einen Schlüsselbund aus seiner Hosentasche und schloss die weiße Tür auf.

Er öffnete sie und trat ein. Anderthalb Meter hinter der weißen Tür kam eine zweite Tür. Diese war aus glänzendem Stahl. Sie sah aus wie die Tür zum Tresorraum einer Bank.

Neben der Stahltür befand sich ein kleines, quadratisches Feld aus weißem Licht. Chapman drückte seine Hand dagegen.

Die Stahltür öffnete sich. Sie glitt in die Wand zurück wie die Türen im *Raumschiff Enterprise.*

Ich musste ihm nachgehen. Aber mein menschlicher Verstand hatte Angst. Und mein Katzenverstand sah keinen Grund, warum ich diesen dunklen Ort betreten sollte. Uns beiden erschien er wie eine Falle. Wie ein Ort, von dem es kein Entkommen gab.

Aber ich *musste* da reingehen. Nur darum ging es bei diesem Spionagetrip.

Und Chapman war meine Beute.

Im letzten Moment, gerade als die Tür wieder zuging, schlüpfte ich in den Raum.

Zuerst war es dunkel, aber das störte mich nicht. Dann schaltete Chapman eine schummrige Beleuchtung ein. Ziemlich seltsam, denn ich konnte im Dunkeln besser sehen als in diesem Dämmerlicht.

In die Wand war eine Art Schreibtisch eingelassen. Er war aus grauem Stahl und sah recht merkwürdig aus. Hier gab es noch mehr von diesen kleinen Lichtfeldern in diversen fröhlichen Farben. Und da war etwas, das aussah wie ein kleiner, aber komplizierter Scheinwerfer, der von der Decke herabhing. Vor dem Schreibtisch stand ein Stuhl. Ein ganz normaler Bürostuhl. Darauf nahm Chapman Platz.

Er fuhr mit den Händen über ein blaues Feld. Dann schaute er auf seine Armbanduhr. Geduldig saß er da und wartete.

Eine Minute lang geschah nichts. Ich versuchte lässig zu wirken, als sei ich nur so zufällig da hereinspaziert. Gleichzeitig aber achtete ich darauf, hinter Chapman zu bleiben, damit er mich nicht sah.

Mir fiel Jakes Warnung ein. Jeder andere würde lediglich annehmen, ich sei bloß eine alte Katze. Dagegen wusste Chapman Bescheid über das Morphen. Die Yirks kannten die Morphingtechnologie der Andaliten. Sollten also

Chapman oder irgendein Controller je ein Tier sehen, das sich auffällig verhielt, konnten sie die Wahrheit ahnen.

Plötzlich schaltete sich ein grelles Licht ein.

Meine Katzenaugen passten sich sofort an, aber trotzdem war das Licht schmerzhaft hell. Es kam von dem kleinen scheinwerferartigen Ding. Chapman drehte sich auf seinem Stuhl herum und schaute in das Licht.

Das Licht begann sich zu verändern. Es nahm Gestalt an und zeigte nacheinander verschiedene Farben.

Die vier Hufe erschienen. Das bläuliche Fell. Die vielfingerigen Hände. Das flache, kluge Gesicht ohne Mund und nur mit Schlitzen als Nase. Die durchdringenden, mandelförmigen Hauptaugen.

Dann folgten die seltsamen Zusatzaugen, die drehbar auf beweglichen Stielen thronten und im ganzen Raum umherspähen konnten. Als Letztes kam der Schwanz, der bedrohlich gekrümmte, skorpionhafte Schwanz.

Ein Andalit. Genau wie der Andalitenprinz, der uns unsere Kräfte gegeben hatte.

Aber ich wusste, dass dies kein echter Andalit war. Furcht schwappte über mir wie eine Welle zusammen. Eine Angst, die so groß war, dass selbst mein Katzenhirn sie nicht ignorieren konnte.

Das war kein wirklicher Andalit. Sondern der einzige Andalitenkörper, den die Yirks je in ihre Gewalt gebracht hatten. Der einzige Andaliten-Controller in der gesamten Galaxis.

Visser Drei.

Der schreckliche Anführer der Invasionstruppen der Yirks. Die bösartige Kreatur, die sich in alle möglichen Ungeheuer morphen konnte, die sie überall im Weltraum übernommen hatte.

Visser Drei, das Wesen, das den Andalitenprinzen ermordet hatte, während wir uns in panischem Entsetzen hinter eine Mauer duckten.

Visser Drei, der uns alle beinahe getötet hätte in der Hölle des Yirkpools.

„Willkommen, Visser", sagte Chapman sehr demütig. „Iniss zwo zwo sechs vom Sulp Niaar-Pool unterwirft sich euch. Möge das Kandrona leuchten und euch stärken."

„Und dich, Iniss zwo zwo sechs", sagte Visser Drei.

Ich war geschockt, als ich die Stimme des Vissers hörte. In seinem Andalitenkörper hatte er keinen Mund. Andaliten verständigen sich auf telepathischem Weg – genau wie ich, wenn ich gemorpht bin.

Der zweite Schock kam von dem, was sie miteinander geredet hatten. „Iniss zwo zwo sechs." Das musste der Name der Yirkschnecke sein, die Chapman kontrollierte.

Der Katzenteil meines Gehirns war derweil eifrig mit einer anderen Frage beschäftigt. War diese Erscheinung echt? Nein. Es gab keinen Geruch. Überhaupt keinen Geruch. Nur Licht und Schatten.

Ich wusste, das war ein Hologramm. Freilich ein sehr überzeugendes. Visser Drei schien völlig real zu sein. Er schaute um sich, als könne er mit seinen holografischen Augen sehen.

Ich betete, dass er nicht zu mir herschaute.

„Berichte, Iniss."

„Ja, Visser."

Ein Teil von mir wollte einfach losrennen. Selbst ein Hologramm von Visser Drei beschert einem noch eine Gänsehaut. Aber jetzt, wo sie dahinter gekommen war, dass es nicht echt war, langweilte sich die Katze in mir nur.

Ich erkannte, warum ich Visser Drei hören konnte – der Hologrammprojektor beherrscht nicht die Übertragung von Gedankensprache. Er übersetzte sie in reguläre Wortsprache.

„Gibt es Fortschritte bei der Suche nach den andalitischen Banditen?"

„Nein, Visser. Bis jetzt nichts."

Mir war klar, wen er mit den *andalitischen Banditen* meinte: uns, die Animorphs.

„Ich will, dass sie gefunden werden. Und zwar JETZT!"

Chapman sprang bei diesem Befehl des Vissers überrascht hoch. Ich konnte riechen, dass er Angst hatte.

In ruhigerem Tonfall fuhr Visser Drei fort. „So darf es nicht weitergehen, Iniss zwo zwo sechs, das kann nicht sein. Der Rat der Dreizehn wird davon erfahren. Sie werden sich fragen, warum ich ihnen berichtete, alle andalitischen Schiffe im Umkreis dieses Planeten seien zerstört und alle Andaliten seien getötet worden. Sie werden Verdacht schöpfen. Sie werden wütend sein. Und wenn der Rat der Dreizehn wütend auf mich ist, dann bin ich wütend auf dich."

Chapman zitterte buchstäblich. Ich roch Menschenschweiß. Und noch etwas anderes. Etwas, das nicht ganz menschlich war. Sehr schwach nur … war das der Yirk selbst, den ich da witterte? Roch ich die Yirkschnecke in Chapmans Kopf?

Das schien unmöglich. Aber da war irgendein fremder Geruch. Etwas … etwas … Ich nahm all meinen Katzenverstand zusammen, um den Geruch zu analysieren.

„Was ist *das*?"

Chapman wirbelte in seinem Stuhl herum.

Ich sah hoch und erstarrte. Chapman schaute mir pfeilgerade in die Augen. Und was noch schlimmer, viel schlimmer war: auch Visser Dreis Peilaugen waren auf mich gerichtet.

„Das ist eine Katze", sagte Chapman nervös. „Eine irdische Haustierspezies. Die Menschen halten sie in ihrer Nähe und finden Trost bei ihnen."

„Warum ist sie hier drin?"

„Sie gehört dem Mädchen. Meiner … der Tochter des Wirts."

„Ich verstehe", sagte Visser Drei. „Na dann, töte sie. Töte sie auf der Stelle."

KAPITEL 13

Töte sie. Töte sie auf der Stelle.

Ich wollte weglaufen und in Panik geraten.

Doch irgendwie gingen der Scharfsinn der Katze und meine eigene Intelligenz eine seltsame Verbindung ein und retteten mich.

Ich zuckte nicht mal mit einem meiner Schnurrhaare. Sonst wäre ich tot gewesen, das war sonnenklar. Wenn ich allein so wie Rachel reagiert hätte, dann hätten sie gleich gespannt, dass ich keine normale Katze war.

Visser Drei's Hologramm musterte mich gründlich. Seine vier Andalitenaugen waren nun alle auf mich gerichtet. Und hinter dieser freundlichen Fassade des Andaliten fühlte ich die laserscharfe Konzentration des mächtigen, bösen Yirks.

Auch Chapman starrte mich an. Er hatte den gleichen Blick in seinen Augen, den er auch aufsetzte, wenn er jemanden beim Versuch des Schulschwänzens erwischte.

Ich – oder zumindest die Rachel in mir – hatte Angst. Fluffer war das alles völlig gleichgültig. Er spürte meine Besorgnis, hatte jedoch selber keine. Hier drin gab es keine

Raubvögel. Keine Hunde. Keine Gerüche von dominanten Katern. Nur eine Art dreidimensionales Bild, das keinen Geruch hatte. Und Chapman. Chapman war vielleicht eine Beute, vielleicht auch nicht. Mit Sicherheit aber war er keine Bedrohung.

„Sie könnte ein Andalit sein“, sagte Visser Drei. „Vernichte sie.“

Als Antwort machte ich „miau“.

Visser Drei glotzte mich an. „Was soll das?“

„S-so … so machen Katzen, Visser. Ich g-g-glaube, sie will was fressen.“

ZAWWWAPP!

Plötzlich und ohne jede Vorwarnung peitschte Visser Drei’s Schwanz nach mir.

Eine gefährliche, sensenförmige Klinge von etwa dreißig Zentimetern Länge kam mit einer Geschwindigkeit auf mich zugeschossen, bei der kein Mensch eine Chance zum Ausweichen gehabt hätte.

Aber ich war nicht bloß ein Mensch.

Schneller als ein Wimpernschlag dauert hatte ich die flinke Bewegung gesehen und kauerte nun mit angelegten Ohren und gefletschten Zähnen am Boden. Die Krallen ausgefahren, schlug ich mit einer Pfote nach der Schwanzklinge.

Meine Pfote ging glatt durch das Hologramm. Und die Klinge, die nichts als eine Projektion war, zischte durch mich.

„Ha, ha, ha.“

Ich brauchte eine Sekunde, bis ich dem Geräusch einen Sinn zuordnen konnte. Es war Visser Drei's Lachen.

Auch Chapman schien erstaunt. Als hätte er den Visser noch nie lachen gehört. Als ob es undenkbar wäre, sich den Visser auch nur lachend vorzustellen.

„Was für ein wildes, kleines Biest", sagte Visser Drei anerkennend. „Hast du gesehen, dass sie weder zurückgewichen noch weggerannt ist? Ich bin viele Male größer als sie, und trotzdem hat sie nach mir geschlagen. Wie schade, dass diese Spezies zu klein ist, um als Wirt zu dienen."

„Ja, wirklich schade", sagte Chapman vorsichtig.

„Töte sie", sagte Visser Drei. „Was für eine bessere Gestalt könnte ein Andalit wählen? Du tötest sie besser, nur um sicherzugehen."

„Jawohl, Visser", sagte Chapman. „Nur …, also da gibt es n-n-nur …"

„Nur was?", fauchte der Visser.

„Sie gehört dem Mädchen. Wenn ich das Tier töte, wird sie wütend sein. Es könnte Aufmerksamkeit erregen. Eine Katze zu töten, gilt als böse Tat. Dadurch könnte meine Tarnung auffliegen."

Visser Drei liebte es gar nicht, wenn man ihm den Gehorsam verweigerte. Aber er war keine Kreatur, die unüberlegte Entscheidungen traf. Er dachte einen Moment lang nach, währenddem mein Leben an einem seidenen Faden hing.

„Setz deine Tarnung nicht aufs Spiel und verhalte dich unauffällig", sagte der Visser endlich.

Jetzt war es an der Zeit, dass ich etwas zu meiner eigenen Verteidigung unternahm. Ich lief hinüber und rieb meine Flanke an Chapmans Bein.

„Was tut sie da?", fragte Visser Drei.

„Damit drückt sie aus, dass sie gefüttert werden will."

„Interessant. Krallen und Zähne und Wildheit, gepaart mit der Raffinesse, auch bedeutend größere Wesen zu manipulieren. Ein wertvolles Geschöpf. Ja, lass es am Leben, vorläufig. Lass es leben, bis wir die Sache mit dem Mädchen geregelt haben."

Chapmans Gesicht schien tatsächlich zu zucken. Neben Angst war das die einzige Gefühlsregung, zu der er fähig schien. „Das Mädchen? Aber ... Visser ... die Abmachung mit dem Menschen Chapman ..."

Visser Drei schnaubte verächtlich. „Abmachungen. Sei kein Narr. Wir treffen Abmachungen, um freiwillige Wirte zu bekommen. Abmachungen sind ein Werkzeug, genau wie du mein Werkzeug bist. Wenn du mir die andalitischen Banditen gebracht hättest, bräuchte ich mich nicht mit einer Katze oder einem Mädchen zu befassen."

Chapman verbeugte sich. „Ich werde sie euch bringen."

„Tu das", sagte Visser Drei kalt. Und dann begann sich das so konkret erscheinende Abbild zu verwandeln. Der sanftmütige Andalitenleib schmolz dahin und an seiner Stelle entstand ein Monster, wie es auf der Erde nichts Vergleichbares gab.

Wo der Andalit gestanden hatte, war jetzt eine lange, dicke Röhre. Am Ende der Röhre befand sich eine Öffnung, die einem Furcht erregenden Maul glich. Das Ding war purpurrot, jedoch transparent. Man konnte fast hindurchsehen. Ich war mir allerdings nicht sicher, ob das daher kam, weil es ein Hologramm war, oder ob das Wesen selbst so war.

Der holografische Visser senkte sein Röhrenmaul auf Chapmans Kopf herab.

Das Maul öffnete sich und entblößte hunderte, wenn nicht gar tausende von winzigen, schleimtriefenden Saugnäpfen.

Es schien, als würde sich das Röhrenmaul über Chapmans Kopf schließen.

Chapman zitterte und bibberte vor Angst.

Mit seiner künstlichen Stimme sprach Visser Drei: „Vergiss nicht, Iniss zwo zwo sechs, ich gab dir diesen Chapmankörper. Ich pflanzte dich in seinen Kopf, weil ich dir vertraut habe. Ich gab dir sein Gehirn und machte dich zu meinem Leutnant. Aber ich kann dich auch wieder heraussaugen, wenn du versagst. Möchtest du sehen, wie es dem letzten Narr, der versagt hat, ergangen ist?"

Plötzlich erschien ein Bild in der Luft, ein zweites Hologramm, das wie ein kleiner Film ablief. Es zeigte eine von Schmerzen gepeinigte, schreiende Frau, an deren Kopf die purpurfarbene Kreatur saugte.

Der echte Chapman fing an zu stöhnen. „Oh, oh nein, Visser. Nicht, ich flehe euch an."

In dem kleinen Film verkrampfte sich das durchsichtige Purpurding plötzlich. Aus dem Ohr der Frau kam die

Nacktschnecke gekrochen. Sie wurde ihr direkt aus dem Kopf gesaugt, tropfend, grau und schleimig.

Die Purpurkreatur verschlang die Yirkschnecke.

Damit endete der kleine Film.

„Kein sehr schönes Bild, nicht wahr, Iniss zwo zwo sechs?“

Chapman schüttelte bloß den Kopf. Er starrte noch immer auf die leere Luft, wo das Bild erschienen war.

Visser Drei begann sich wieder in Andalitengestalt zurückzumorphen.

„Wehe dir, wenn du versagst“, sagte Visser Drei.

KAPITEL 14

Plötzlich verschwand Visser Drei. Der Raum war wieder dunkel.

Chapman saß zusammengesunken über dem Schreibtisch, den Kopf in die Hände gestützt. Erst nach einer Weile öffnete er die Tür und wir gingen beide wieder die Treppe nach oben.

Mrs Chapman saß da und wartete. „Wie lauten die Befehle des Vissers?“, fragte sie flüsternd.

Mr Chapman schaute sie an, als habe er gerade ein Gespenst gesehen. „Er will die andalitischen Banditen. Er … er hat sich in einen Vanarx gemorpht. Eine *Yirkgeißel.*“ Auch er sprach mit leiser Stimme. Nun blickte er in Richtung Treppe. Vermutlich wollte er sich vergewissern, dass Melissa nicht in der Nähe war.

Mrs Chapman schauderte. „Ich hatte davon gehört, dass er auch einen Vanarx übernommen hat. Ich dachte immer, das sei bloß wieder so eine Geschichte, um seine Untertanen einzuschüchtern.“

„Er hat mir … er hat mir gezeigt, wie er Iniss eins sieben vier vernichtete.“

Mrs Chapman schaute bestürzt. „Er benützte einen Vanarx bei einem Iniss aus dem zweiten Jahrhundert?"

„Dieser Abschaum von einem Andaliten-Controller", stieß Chapman zornig hervor. „Ich wünschte, der Rat der Dreizehn *würde* herausfinden, welches Chaos er auf diesem Planeten anrichtet. Sollen die ihm doch diesen Andalitenkörper wegnehmen und ihn wieder in irgendeinen fernen Pool in der Heimatwelt werfen."

„Wünsch dir das lieber nicht", sagte Mrs Chapman verbittert. „Bevor Visser Drei seine Macht verliert, wird er dich wegen deines Versagens längst vernichtet haben."

Meine Katzenohren registrierten das Geräusch noch vor den beiden Chapmans. Bewegung. Menschliche Schritte. Ich spitzte die Ohren in Richtung Treppe.

„Hallo, Mama? Papa? Kann mir mal einer von euch bei diesem Matheproblem helfen?"

Es war Melissa. Sie war schon halb die Treppe runtergekommen. Jetzt blieb sie stehen und schaute erwartungsvoll ihre Eltern an. Oder zumindest die Leute, die einmal ihre Eltern gewesen waren.

„Wir sind gerade beschäftigt, Melissa", sagte Chapman kurz angebunden.

„Außerdem, mein Liebling, solltest du deine Hausaufgaben allein machen. Nur so lernt man", fügte Mrs Chapman hinzu. „Wenn du's dann immer noch nicht hinkriegst, wird dir dein Vater helfen."

Melissas Kinnlade klappte runter. Sie zwang sich zu einem Lächeln, aber es war keine Spur von Freude darin

erkennbar. „Ich denke, du hast Recht, Mama. Es ist halt bloß dieser Mist mit den Quadratwurzeln."

Sie zögerte, als hoffte sie, ihre Eltern würden sich anders entscheiden und gemeinsam mit ihr wieder hochgehen.

Mrs Chapman lächelte. Ihr Lächeln war so leer wie das von Melissa. „Quadratwurzeln sind schwer zu begreifen, nicht wahr? Aber ich weiß, dass du es schaffen kannst."

„Ich komm hoch und schau's mir an, bevor du in die Falle gehst, mein Spatz", sagte Mr Chapman.

Normal klangen die Worte ja schon. Meine Mama oder mein Papa hätten zu mir wohl haargenau die gleichen Dinge sagen können. „Liebling." „Spatz." Aber wie sie das sagten ... Da fehlte etwas. Güte. Liebe. Nennt es, wie ihr wollt. Die Worte stimmten, aber sie waren total unaufrichtig.

Das war schrecklich. Ganz anders schrecklich als die Monster, die wir im Yirkpool bekämpft hatten. Bei dieser Form von schrecklich wollte man nicht schreien, sondern weinen.

Und plötzlich rannte ich hinter Melissa her, als sie wieder die Treppe hinaufging. Als ich in ihr Zimmer kam, setzte sich Melissa aufs Bett und begann zu schluchzen.

<Rachel? Kannst du mich hören?>

<Ja, Tobias. Ich bin raus aus dem Keller. Ich bin oben in Melissas Zimmer.>

<Gott sei Dank. Ich habe so etwa jede Minute probiert, zu dir Kontakt zu bekommen. Ich war besorgt, du könntest unten gefangen sein.>

<Nein, ich bin draußen.>

<Gut. Du hast noch mehr als eine Stunde Zeit, aber Fluffer macht sich jetzt auf den Heimweg. Cassie und Jake und Marco versuchen ihn wieder abzufangen, aber du weißt ja besser als jeder andere, wie gewieft er sein kann.>

Melissa ließ sich mit dem Gesicht voraus auf das Bett plumpsen. Sie zog sich ein Kissen über den Kopf und heulte einfach los.

<Ich kann gerade noch nicht weg>, sagte ich.

<Rachel, wenn der echte Fluffer hier reinspaziert, während du noch da drin bist …>

<Ja, ich weiß. Aber ich kann jetzt noch nicht gehen. Ich muss hier noch was erledigen.>

Ich lief zum Bett hinüber. So klein, wie ich war, kam mir die Bettseite wie eine Mauer vor. Es hätte die Wand eines zweistöckigen Hauses sein können. Ich hockte mich hin und sammelte Spannkraft in meinen Beinmuskeln. Dann sprang ich mühelos hoch, um mit vollendeter Grazie auf dem Bett zu landen.

Ich lief zu Melissa hin und schnupperte an ihren Haaren, die unter dem Kissen herausschauten. Von irgendwo hörte ich ein Geräusch. Ein Geräusch, das mich an meine Mutter erinnerte.

Es erinnerte mich an meine *beiden* Mütter: die Menschenfrau und die Katze, die mein Fell geleckt und mich in ihrem Maul spazieren getragen hatte.

Jetzt erkannte ich das Geräusch. Es war ein Schnurren.

Ich schnurrte.

Melissa legte den Arm um mich und zog mich näher heran. Der Körperkontakt machte mir ein wenig Angst. Die Katze in mir wollte weg. Aber dann fing sie an, mich am Rücken und hinter den Ohren zu kraulen. Ich schnurrte etwas lauter und beschloss, noch für ein Weilchen dazubleiben.

„Ich weiß nicht, was ich getan habe", sagte Melissa.

Mit Erstaunen bemerkte ich, dass sie mit mir sprach. Ob sie die Wahrheit ahnte? Wusste sie, dass ich ein Mensch war?

Nein. Sie war nur ein Mädchen, das mit seiner Katze redete.

„Ich weiß nicht, was ich getan habe", wiederholte Melissa. „Sag mir, Fluffer McKitty, was habe ich getan?"

<Rachel, was tust du da drin?>

<Tobias, ich hab noch massig Zeit.>

<Dir bleibt nicht mal mehr eine Stunde. Treib keine gefährlichen Spielchen. Jake kriegt da draußen fast einen Anfall. Ich soll dir sagen, dass du rauskommen sollst.>

<Noch nicht. Melissa braucht mich.>

Ich hatte zu schnurren aufgehört. Wahrscheinlich, weil ich damit beschäftigt war, mich mit Tobias rumzustreiten. Ich fing wieder an zu schnurren. Ich spürte, dass Melissa das jetzt brauchte.

Sie weinte noch immer und kraulte mich sanft hinter den Ohren.

„Was hab ich nur getan, Fluffer?", fragte sie wieder. „Warum lieben sie mich nicht mehr?"

In diesem Augenblick hatte ich das Gefühl, mein Herz würde zerspringen. Denn jetzt wusste ich, warum Melissa nicht mehr mit mir um die Häuser zog. Ich wusste, weshalb sie sich mehr und mehr zurückgezogen hatte. Und ich wusste, wie wenig Hoffnung es für sie gab.

Ich fühlte mich unendlich traurig.

Wenn Marco das nächste Mal fragte, wieso wir die Yirks bekämpfen, würde ich eine ganz neue Antwort geben: weil sie die Liebe von Eltern zu ihrer Tochter zerstören. Weil sie daran schuld waren, dass Melissa Chapman in ihrem Bett weinte und niemand da war außer einer Katze, um sie zu trösten.

Vielleicht kein sehr starkes Argument, denke ich mal. Jedenfalls war es keine hochtrabende Antwort, die die gesamte Menschheit betraf. Sie betraf nur dieses eine Mädchen. Meine Freundin, die todunglücklich war, weil ihre Eltern nicht mehr wirklich ihre Eltern waren.

<Hör mal, Rachel, ich hab Jake erzählt, was du gesagt hast. Ich soll dich von ihm daran erinnern, dass du da drin eine Aufgabe zu erledigen hast. Du bist nicht da drin, um …>

<Tobias, sag Jake, er soll die Klappe halten>, sagte ich verärgert. <Ich komm ja gleich raus. Ich komme ja gleich. Nur jetzt noch nicht.>

Ich schnurrte so laut ich konnte. Melissa weinte. Und es kam zu mir wie eine Vision: alle die Kinder überall, deren Eltern man zu Controllern gemacht hatte. Und die Eltern, denen man die Kinder weggenommen hatte, um sie zu

Controllern zu machen. Es war ein Bild des Grauens. Ich fragte mich, wie man sich wohl fühlte, wenn man sah, dass einen die eigenen Eltern nicht mehr liebten.

Nach einer Weile schlief Melissa ein. Ich stand auf und lief die Treppe hinunter zur Katzenklappe.

Draußen war es ziemlich kühl. Meine Freunde schienen besorgt. Sie waren auch sauer auf mich, weil ich sie so lange hatte warten lassen.

„Du hast nur noch zehn Minuten, Rachel", sagte Jake. „Hoffentlich war es die Sache wert, dass du uns alle halb zu Tode geängstigt hast. Hast du wenigstens was Brauchbares rausgekriegt?"

<Ja. Ich habe eine Menge herausgefunden. Zum Beispiel, dass Chapman über eine Möglichkeit verfügt, direkt mit Visser Drei zu kommunizieren. Oder dass Visser Drei darauf brennt, uns in die Finger zu bekommen, obwohl er immer noch meint, wir wären Andaliten. Und ich habe auch etwas *beschlossen.*>

„Was denn?", fragte Cassie mich.

<Ich habe beschlossen, dass es mir egal ist, zu welchen Mitteln ich greifen oder wie viele Risiken ich eingehen muss. Es ist mir egal, was mit mir passiert. Ich hasse diese Yirks. Ich hasse sie. Ich hasse sie. Und ich werde einen Weg finden, sie aufzuhalten.>

KAPITEL 15

An jenem Abend und am folgenden Morgen kriegte ich kaum irgendwelche Hausaufgaben auf die Reihe. In Mathe bekam ich an dem Tag die erste Drei seit langem. Meine Noten fingen an abzurutschen, weil ich eifrig damit beschäftigt war, die Welt zu retten. Oder zumindest meine langjährige Freundin.

Ich wusste jetzt, was passiert war. Warum Melissa und ich nicht mehr befreundet waren, jedenfalls nicht eng. Etwas in ihrem Leben war schrecklich schief gelaufen. Ihre Eltern hatten sie nicht mehr lieb. Sie taten zwar so, sie klangen so wie früher, aber Melissa wusste, dass alles eine einzige Lüge war.

Jedes Mal, wenn ich daran dachte, kochte ich innerlich fast vor Wut. Ich ahnte wohl ein kleines bisschen, was sie fühlte. Als sich meine Eltern scheiden ließen, war ich besorgt, dies könnte vielleicht bedeuten, dass sie mich nicht mehr lieb hatten.

Das stimmte aber nicht. Sie liebten mich nach wie vor. Ich sehe zwar meinen Papa nicht so oft, wie ich's mir wünschen würde, aber er liebt mich wirklich. Meine Mama liebt mich. Selbst meine Schwestern lieben mich. Liebe ist ganz schön wichtig. Das ist so, als würde man eine Rüstung tragen. Es macht dich stark.

Nach der Mathestunde schlich sich Jake neben mich. „Wir treffen uns später, okay?“

„Ja, wie du willst. Wo?“

„Bei dem Kirchturm, wo wir neulich waren.“

„Okay. Ist aber ganz schön weit zu laufen.“

Er drehte sich um und sah mir ins Gesicht. Grinsend sagte er im Rückwärtsgehen: „Dann *lauf* halt nicht.“ Er winkte und eilte den Flur hinunter.

Zwei Stunden später war ich in der Luft. Lasst mich euch eines sagen: Diesen großen Adlerkörper vom Boden hochzukriegen, ist nicht einfach. Sondern definitiv Schwerstarbeit. Ob mein menschlicher Körper wohl von dieser Aerobicübung profitieren würde?

Als ich vom Boden abgehoben hatte, konnte ich mithilfe kleiner Windböen an Höhe gewinnen. Doch erst, nachdem ich die Baumkronen und die Schulgebäude unter mir gelassen hatte, bekam ich eine gute, steife Brise, die mich in die Höhe trug.

Als ich schließlich hoch genug war, erblickte ich Tobias. Seine rötlichen Schwanzfedern waren wie ein Leuchtsignal.

<Puh, das war vielleicht ein Schlauch>, sagte ich, als ich dicht genug heran war.

<Erzähl mir davon. Folge mir. Das Einkaufszentrum ist ein optimaler Platz für Thermiken.>

<Das Einkaufszentrum? Wieso das Einkaufszentrum?>

<Wegen den ganzen Parkplätzen. Schau mal, der Beton heizt sich in der Sonne auf. Der Beton, die Autos, die Gebäude selbst – sie alle sind heiß. Deshalb gibt's hier fast immer einen schönen, warmen Aufwind.>

<Fliegen ist schon die schönste Sache der Welt>, sagte ich verträumt.

<Ja, stimmt>, pflichtete mir Tobias bei. <Mit eine der schönsten Sachen. Aber man vermisst auch manche Dinge. Zum Beispiel mit 'ner Dose Popcorn und einer Tüte Chips auf dem Sofa rumlümmeln und am nächsten Tag ist schulfrei und im Fernsehen läuft was Gutes. Das gibt einem auch ein tolles Feeling.>

Er klang nicht so, als würde er sich bedauern. Nur erwähnte er eben etwas, das zufällig stimmte.

<Da ist der Kirchturm. Ich sehe noch einen Vogel darauf zuhalten. Und da drüben sehe ich, glaub ich, Cassie beim Zurückmorphen.>

<Ab nach unten>, sagte Tobias.

Zehn Minuten später war ich wieder in meinem menschlichen Körper.

„Weißt du, was uns fehlt?", sagte Marco. „Wir müssen diese Morphingklamotten aufeinander abstimmen. Ich meine, Cassie trägt grün gemusterte Leggins und ein purpurrotes Stretchtop, Jake hat diese schrecklichen Bikershorts an, und Rachel kommt wie immer schick daher in ihrer schwarzen Trikothose. Schmeiß alles auf einen Haufen, und wir sehen ziemlich verratzt aus."

„Was willst du?“, fragte Jake ihn. „Willst du, dass wir alle einen blauen Dress mit einer großen Vier auf der Brust tragen? Sollen wir die Fantastischen Vier spielen?“

<Wenn schon, dann bitte die Fantastischen Vier *und* der Unglaubliche Vogeljunge>, ergänzte Tobias.

„Ach was“, sagte Marco. „Nicht die Fantastischen Vier. Ich denke mehr an so was wie die X-Men. Es geht nicht darum, gleich auszusehen, sondern darum, etwas *Stil* zu zeigen. Wenn uns bisher irgendjemand sah, dachte der wohl kaum ‚Oh, cool, Superhelden‘, sondern ‚Mann, sind die übel gekleidet‘.“

„Marco“, sagte ich, „ich finde, es ist an der Zeit, diese deine Fantasie zu verabschieden. Wir sind keine Superhelden. Das hier ist kein Comicbuch.“

„Ja, aber ich will doch nur, dass es ein Comicbuch ist. Schau mal, in einem Comicbuch werden die Helden nicht getötet. Also, okay, einmal haben sie Superman umgenietet, aber das war nur vorübergehend.“

„Können wir uns jetzt mit der Wirklichkeit befassen?“, fragte Jake. „Wir haben einige Dinge zu besprechen.“

„Was ist daran so verkehrt, grün mit purpur zu kombinieren?“, wandte sich Cassie an Marco.

„Das kannst du bei Klamotten echt vergessen“, sagte Marco.

„Hast wohl mal wieder in der *Vogue* geblättert, Marco?“, neckte ich ihn.

Jake hielt Marco den Mund zu. „Hört zu, Leute. Wir müssen darüber entscheiden, was wir als Nächstes tun.“

Marco schob Jakes Hand beiseite. „Ich will darüber entscheiden, was wir als Nächstes *nicht* tun. Ich sollte mehr Zeit mit meinem Papa verbringen. Ihr wisst ja, er hat den Tod von meiner Mama noch immer nicht verwunden …“

Marco geriet immer ins Stocken, wenn er von seiner Mutter sprach. Zuerst klang seine Stimme zwar mutig und alles, aber am Ende folgte dann regelmäßig eine kleine Pause, ein kurzer Wackler. Zwei Jahre war es jetzt her, dass seine Mutter verschwunden war. Angeblich soll sie ertrunken sein, ihre Leiche wurde jedoch nie gefunden. Seinen Vater hatte dieses Erlebnis völlig aus der Bahn geworfen. Das war der Hauptgrund, warum sich Marco so dagegen sträubte, ein Animorph zu sein. Er war besorgt, sein Vater könnte einfach ganz aufgeben, wenn ihm irgendwas zustieße.

Ich konnte sehen, dass Jake vor Ungeduld fast platzte. Und auch ich fand, dass Marco sich endlich mit der Wirklichkeit abfinden sollte.

Aber Cassie legte ihre Hand auf Marcos Arm. „Lass dich durch unsere Sache keinesfalls davon abhalten, Zeit mit deinem Vater zu verbringen“, sagte sie ernsthaft. „Er braucht dich. Wir brauchen dich auch, Marco, aber dein Vater kommt zuerst.“ Sie schaute zu Jake und dann zu mir. „Nichts von dem, was wir tun, ist sinnvoll, wenn wir vergessen, *warum* wir es tun.“

Ich dachte an Melissa. Und ich dachte an meine Mama und meinen Papa und wie toll es früher mit ihnen war, selbst wenn sie mir auf die Nerven gingen.

„Cassie hat Recht. Wenn du nach Hause kommst, Marco, sag deinem Vater, dass du ihn lieb hast.“ Ohne mir die Worte zu überlegen, war ich damit herausgeplatzt. So was sage ich normalerweise nicht.

„Danke, Doktor Rachel“, sagte Marco.

Er sagte es zwar abfällig, aber ich konnte sehen, dass er wusste, wovon ich sprach.

Dann war er auf einmal ganz eifrig bei der Sache. Er rieb sich die Hände. „Okay, also jetzt im Ernst. Wie gehen wir vor, um uns als Nächstes abmurksen zu lassen? Morphen wir uns auf einem Froschkongress in Fliegen? Oder zu Weihnachten in Gänse?“

„Ich will da noch mal rein“, sagte ich. „Zurück in Chapmans Haus.“

„Warum?“, fragte Jake. „Wir wissen doch jetzt schon eine ganze Menge. Wir …“

„Wir wissen aber noch nicht, wo sich das Kandrona befindet“, erklärte ich. „Früher oder später müssen wir das rausbekommen. Der Andalit hat Tobias klipp und klar gesagt, dass das Kandrona *der* Schwachpunkt der Yirks ist. Das Kandrona sendet die Strahlen aus, die in den Yirkpools gesammelt werden. Wenn wir das Kandrona zerstören, treffen wir sie ganz empfindlich.“

Marco zog skeptisch eine Augenbraue hoch. „Entschuldige, Rachel, aber was ist ein Kandrona? Ich meine, wir wissen, was es *bewirkt*, aber wie sieht es aus? Wie groß ist es? Das Kandrona könnte vielleicht die Größe eines Feuerzeugs haben und in Visser Drei’s Tasche stecken.“

<Eine solche Vorstellung hat mir der Andalit nicht vermittelt>, sagte Tobias.

„Wie dem auch sei“, sagte Marco ungeduldig. „Der Punkt ist der: Wie zerstören wir etwas, von dem wir nicht mal wissen, wie es aussieht?“

„Deshalb müssen wir ja der einzigen Spur folgen, die wir haben“, sagte ich. „Und die lautet Chapman. Chapman steht mit Visser Drei in Kontakt. Die beiden wissen, wo das Kandrona ist. Wenn ich sie ausspionieren kann, krieg ich’s vielleicht raus.“

Sie starrten mich alle an. Marco glotzte mich an, als ob ich verrückt wäre. Jake schaute nachdenklich. Cassie schien besorgt, so, als ob sie nicht sicher wäre, was ich da sagte. Tobias richtete seinen energischen, einschüchternden Raubvogelblick auf mich. <Bist du sicher, dass du da einfach noch mal reinwillst, um bei Chapman rumzuschnüffeln?>, fragte er mich unter vier Augen.

„Ich finde, du solltest nicht noch mal alleine dort reingehen“, sagte Jake.

„Wie soll mich denn da jemand begleiten?“, fragte ich. „Wir können hier doch nicht *zwei* Katzen rumspringen lassen. Ich meine, als Fluffer kann ich überallhin, ohne dass einer von denen Verdacht schöpft.“

Nun ja … Ich hatte niemandem davon erzählt, dass Visser Drei Chapman befohlen hatte, mich zu töten. Ich wusste, dass es falsch war, so was vor der Gruppe geheim zu halten. Aber wenn ich’s ihnen gesagt hätte, dann hätten sie mich keinesfalls dorthin zurückgehen lassen.

Jake hat ja vielleicht keine so feine Antenne, dafür aber Cassie leider umso mehr.

„Bist du *sicher*, dass nichts schief ging, während du da drin warst, Rachel?“, fragte Cassie. Sie sah mich schräg von der Seite an, wie Cassie es immer tut, wenn sie aus jemandem schlau zu werden versucht. Plötzlich war mir gar nicht mehr so wohl in meiner Haut.

„Es war unheimlich“, sagte ich. „Aber passiert ist nix.“ Das war nicht richtig gelogen. Schon irgendwie, aber nicht ganz.

Cassie überlegte einen Moment. Ihr Blick wurde glasig. Plötzlich wusste ich, was los war: Tobias hielt Zwiesprache mit ihr. Er sagte ihr etwas. Sie nickte wie zum Einverständnis.

Tobias wusste nicht, was mit Visser Drei geschehen war. Aber er wusste sehr wohl, dass ich ziemlich fertig war, als ich wieder aus diesem Keller rauskam.

„Ich denke, wir sollten nach einer Möglichkeit suchen, dass jemand Rachel begleitet“, schlug Cassie vor.

„Was hast du vor – dich in einen Floh verwandeln und auf meinem Rücken huckepack reiten?“, fragte ich sie.

Sie lächelte und zuckte leicht mit den Schultern. „Ich sage bloß, wir sollten uns was ausdenken.“

„Also, okay“, sagte Jake. „Rachel geht ein zweites Mal da rein. Vielleicht haben wir ja Glück.“

„Wir hatten kein Glück, seit wir über diese Baustelle liefen und unseren ersten Außerirdischen trafen“, sagte Marco.

„Könnte sich ja jetzt ändern“, sagte ich. „Ich geh da rein und such nach einem Weg, wie man diesen Widerlingen ein Ding verpassen kann.“

<Das ist nicht der einzige Grund, warum du es ein zweites Mal wagst>, hörte ich Tobias in meinem Kopf. <Du machst das nicht bloß, um den Yirks ein Ding zu verpassen. Sondern weil du Melissa helfen willst.>

„Ist doch das Gleiche“, sagte ich. Schätze, die anderen wunderten sich, mit wem ich da redete.

KAPITEL 16

Es war eine dunkle und stürmische Nacht.

Verzeihung, ich wollte das immer mal so schreiben. Aber es war *tatsächlich* eine dunkle und stürmische Nacht.

„Wo ist Jake?“, fragte ich, als wir uns unterhalb von Chapmans Haus auf der Straße trafen. Die anderen waren alle da. Cassie und Marco trugen Regenmäntel, obwohl es noch gar nicht regnete.

Tobias hockte über uns in einem Baum und versuchte sich auf seinem Ast festzuhalten, während der Wind ihn runterzuwehen drohte.

„Jake musste zu Hause bleiben“, sagte Marco. „Sein Vater hat ihm wegen irgendwas Hausarrest gegeben.“

„Warum sollte sein Vater so was tun?“

„Woher soll ich das wissen?“, sagte Marco griesgrämig. „Du weißt doch, wie Eltern sind. Also bitte nicht *mich*, das zu erklären.“

Ich biss mir auf die Lippen. Irgendwie fühlte ich mich nervöser, wenn Jake nicht dabei war. Und dass der verrückte Wind so in den Zweigen rauschte, stärkte auch nicht gerade meine Zuversicht.

<Ich hab Fluffer entdeckt>, sagte Tobias so, dass es alle hören konnten. <Er quält gerade eine kleine Ratte, die er aufgestöbert hat. Aber wenigstens ist es keine Spitzmaus.>

„Hör mal, ich bin kein großer Freund von Spitzmäusen, nur, weil ich selbst eine war." Ich holte tief Luft. „Okay, wir können wohl nicht damit rechnen, dass wir immer alle zusammen sind. Wir packen's also ohne Jake an."

Ich schaute zu Cassie hinüber. Sie lächelte sanft. Irgendwas ging mit ihr vor, aber ich hatte keine Zeit, es herauszufinden.

<Ich werde mal die Gegend auskundschaften>, bot Tobias sich an. Er breitete seine Schwingen etwas aus und wurde sofort vom Wind aus dem Baum fortgerissen. Ich sah ihm zu, wie er die Lage mit seiner Erfahrung lässig meisterte. Rasch stieg er in die Höhe und war bald außer Reichweite meiner schwachen Menschenaugen.

Nach einer Weile sahen wir etwas mit ungefähr achtzig Sachen über unseren Köpfen dahinjagen. <Alles klar>, rief Tobias im Vorüberflug zu uns herab.

Ich fühlte mich merkwürdig. Ein bisschen seekrank. Ein wenig ängstlich. Alles schien heute Nacht sonderbar. Und das Unheimliche daran war: Ich wusste, dass ich mich besser fühlen würde, sobald ich morphte.

Ich konzentrierte mich. Der erste Regentropfen fiel gerade, als ich spürte, wie mein Schwanz hinten herauswuchs. Bis ich, begraben unter dem Zelt meiner Kleidungsstücke, auf allen vieren war, hatte es richtig zu regnen begonnen.

„Na, wunderbar“, sagte Marco. „Das wird ja immer besser.“

<*Du* hast wenigstens einen Regenmantel>, sagte ich. <Ich habe nur mein Fell. Und wegen des Regens kann ich hier draußen gar nichts riechen.>

Cassie kauerte sich neben mich. Sie ist bloß ein Mädchen mit normaler Körpergröße, aber gegen eine Katze wirkt jedes menschliche Wesen wie Godzilla.

„Sei vorsichtig, Rachel“, sagte Cassie, wobei sie mir über den Rücken strich. Ich machte mich auf den Weg, doch für ein paar Sekunden behielt sie ihre Hand auf meinem Rücken. Dann erhob sie sich mit einem geheimnisvollen Lächeln.

Wie sich zeigte, verlor ich bald das Interesse an Cassies Gesichtsausdruck. Katzen interessieren sich keine Spur für Menschen – es sei denn, es gibt was zu fressen.

<Ich bin weg>, sagte ich und sprang eilig davon. Katzen mögen keinen Regen. Ich konnte die Abneigung des Katzenhirns spüren. Soweit mir bekannt war, hassten Katzen Wasser aus Prinzip. Nicht so Fluffer. Bei ihm drehte es sich nur um die Gerüche und Geräusche. Regen wäscht Gerüche fort. Ohne Gerüche fühlt sich eine Katze von wichtigen Informationen abgeschnitten und verloren.

Fast ebenso schwer wie der Verlust der Gerüche wiegt der Umstand, dass man aus dem Trommelfeuer des ringsherum niedergehenden Regens kaum die wichtigen Geräusche heraushört: die winzigen, schrillen Piepstöne und die kleinen, flinkfüßigen Scharr- und Kratzlaute.

Regen ist für Katzen so wie die Dunkelheit für Menschen: Die ganze Welt wird irgendwie eintönig.

Deshalb rannte ich zur Katzenklappe und freute mich schon richtig auf die freundlichen Gerüche und Geräusche meines Zuhauses. Das dachte zumindest Fluffer. Ich, Rachel, rätselte noch immer herum, wieso Jake nicht gekommen war. Und ich fragte mich, ob das eine Art Fingerzeig war. Diese ganze Mission schien irgendwie unter einem schlechten Omen zu stehen.

Ich kannte mich im Haus der Chapmans aus, als Katze wie als Mensch. Und ich war mir ziemlich sicher, den Zeitplan zu kennen. Beim letzten Mal hatte Visser Drei um Punkt acht Uhr Kontakt aufgenommen. Wenn Visser Drei jeden Abend um die gleiche Zeit Verbindung zu Chapman aufnahm, dann war ich genau pünktlich gekommen.

Wie beim letzten Mal saß Chapman auf der Couch. Und genau wie ich es gehofft hatte, stand er um drei Minuten vor acht auf und lief in Richtung Kellertreppe.

Mein ganzer Plan bestand darin, mit ihm da runter zu gehen. Ich erinnerte mich noch an den Grundriss des kleinen Geheimraums. Und an den Schreibtisch. Ich wusste, wenn ich ihm irgendwie unbemerkt folgen und unter den Schreibtisch schlüpfen konnte, dann war ich für ihn und das Hologramm von Visser Drei unsichtbar.

Das Problem bei der Sache war: Der ganze Plan beruhte darauf, dass Chapman mich nicht entdeckte.

Er ging auf die Kellertür zu. Ich trippelte dicht hinter ihm her. Der Trick war der, einfach immer nur ganz wenige

Zentimeter hinter seinen Füßen zu bleiben. Von dort konnte er mich nicht sehen. Aber ich musste seine Füße genau im Auge behalten. Wenn er zögerte, konnte ich direkt in ihn reinlaufen. Das wäre sehr katzenuntypisch.

Er lief, und ich folgte ihm ganz dicht auf den Fersen.

Jetzt ging er die Treppe hinunter. Ich hatte angenommen, dieser Teil wäre leichter. Wenn die Leute Treppen runtergehen, schauen sie gewöhnlich, wo sie hintreten. Sie drehen sich nicht um und schauen hinter sich.

Aber ein Geräusch, eine ungeschickte Bewegung, und ich war erledigt.

Wir erreichten den Fuß der Treppe. Plötzlich blieb Chapman stehen.

Ich sprang hinter das Sofa.

Er schaute sich um, als hätte er ein Geräusch gehört. Oder vielleicht spürte er einfach etwas.

Ich erstarrte. Kein Muskel bewegte sich mehr.

Jetzt lief er in Richtung der Tür. Ich folgte ihm wieder auf den Fersen.

<Na, wie geht's so?>

Ich bekam beinahe einen Herzkasper.

Meine Schwanz- und Rückenhaare sträubten sich. Beinahe wäre ich getürmt.

Chapman blieb stehen, und ich lief ihm fast zwischen die Beine. Sein linker Fuß bewegte sich. Ich duckte mich. Nun trat er ein wenig zurück. Ich wich ihm aus.

<Ich bin's, Jake. Was ist denn los, Rachel?>

Jake?

Chapman öffnete die Tür zum Geheimraum. Er ging hinein. Ich war direkt zwischen seinen monströsen Füßen. Wenn er jetzt zufällig nach unten sah …

Aber er tat es nicht. Er tat es nicht, und als er sich umdrehte, um die Tür hinter sich abzuschließen, huschte ich unter den Schreibtisch. Ich quetschte meinen Körper, so weit es ging, in die dunkelste Ecke.

Ich hatte es geschafft … mit knapper Not. Ich war am Leben … bis jetzt.

<Rachel? Kannst du mich hören?>

<Jake! Wo bist du? Du hast mich halb zu Tode erschreckt!>

<Sind wir okay?> Er klang besorgt.

Wir? Ich war ärgerlich.

<Was meinst du damit, ob WIR okay sind?>, schrie ich lautlos. <Wo bist du?>

<Na ja … ich hock sozusagen auf dir drauf.>

<AUF MIR? Jake, das ist jetzt nicht der Moment, um Witze zu reißen.>

Chapman setzte sich an den Schreibtisch. Seine Füße kamen unter den Tisch gerutscht und verfehlten mich haarscharf, sodass ich wieder sehr geschickt ausweichen musste.

<Tut mir Leid. Ich kann nicht genau sehen.>

Ich hielt meinen Blick jetzt konzentriert auf Chapmans Füße gerichtet. Katzen haben eine unglaubliche Konzentrationsfähigkeit. Ich konzentrierte mich stark auf diese Riesenlatschen, die jede fast so groß waren wie ich. Ich musste mich von ihnen fern halten. Das war der Schlüssel, um am Leben zu bleiben.

<Jake, wir befinden uns hier in einer schwierigen Lage. In zehn Worten oder kürzer – wo steckst du?>

<In zehn Worten oder kürzer – ich hab gemorpht>, sagte Jake. <Ich bin ein Floh.>

KAPITEL 17

<Was bitte?> Es hätte komisch sein können, wenn ich nicht so geschockt gewesen wäre. <Willst du mir erzählen, dass du dich in einen Floh gemorpht hast? Einen *Floh*?>

<Ja. Ich sitze auf deinem Rücken. Oder auf deinem Kopf, das kann ich nicht sagen. Ich hab keine richtigen Augen. Jedenfalls nicht solche, die irgendwas für mich Verständliches sehen. Ich meine, alles, was ich weiß, ist warm oder nicht warm. Ich … ich glaube, ich kann Blut spüren. Darum geht's. Und irgendwie kann ich Bewegung wahrnehmen. Wie da, wo sich dein Fell sträubte – da wusste ich, dass um mich herum was passierte.>

<Jake, das ist verrückt. Mehr als verrückt. Was ist los mit dir? Ein Floh? Bist du übergeschnappt? Schon eine Echse zu sein, hat dich krank gemacht. Und das hier ist weitaus schlimmer.>

<Eigentlich ist's ganz okay>, sagte er. <Also, ich weiß nicht, wie ich's erklären soll, aber der Flohgrips ist so beschränkt, dass er sich mühelos kontrollieren lässt. Er kann sich nur auf das Gefühl von warmem Blut zubewegen und fressen. Das ist … ich weiß nicht, als ob ich nicht wirklich

in dem Floh wäre, weil ich nicht groß was sehen oder spüren kann. Ich hatte einen Horrortrip erwartet, aber als Cassie und Marco und ich es ausprobierten …“

<Die haben da mitgemacht?> Natürlich! Deshalb war es Cassie auch so wichtig, meinen Kopf zu tätscheln. Dabei hatte sie Jake auf mir abgesetzt.

<Rachel, wir haben uns Sorgen um dich gemacht. Wir fanden, dass jemand dich begleiten sollte. Tobias sagte …>

<Aha, Tobias steckt da also auch mit drin.>

<Tobias meinte, du würdest uns nicht alles sagen. Er war sich nicht sicher, warum oder was du uns verschweigst.>

Ich seufzte innerlich. Es ist wohl eine gute Sache, wenn man Freunde hat, die sich um einen sorgen. Andererseits hatte Jake mich praktisch in Chapman reinlaufen lassen. Außerdem war mir die Vorstellung, dass Jake jetzt in meinem Fell herumkroch, höchst unangenehm.

Plötzlich schaltete sich das grelle Licht ein. Visser Drei erschien im Raum.

<Jake. Der Visser ist hier als Hologramm. Lenk mich also nicht ab, okay? Wir hocken hier unter dem Schreibtisch, einen Zentimeter von Chapmans Fuß entfernt.>

<Oh. Aber es macht doch nix aus, wenn er dich sieht, oder? Ich meine, für ihn bist du doch bloß die Katze. Keine große Nummer. Also solltest du dich nicht verdächtig benehmen.>

Ich zögerte. Mist, früher oder später musste es ja mal rauskommen. <Ähm, Jake? Diese Sache, die ich euch nicht erzählt habe? Also, Visser Drei hat mich beim letzten Mal hier drin gesehen. Er befahl Chapman, mich einfach … na, du weißt schon … zu töten. Er war besorgt, ich könnte ein gemorphter Andalit sein.>

Eine Weile lang sagte Jake kein Wort. Ich hatte den Eindruck, er versuchte sich zu beherrschen, dass er mich nicht anschrie. Tat er aber doch.

<Rachel, bist du VERRÜCKT? Du bist nach diesem Vorfall noch mal hier runter? Ja, bist du denn WAHNSINNIG?>

Aber in dem Moment begann Chapman zu sprechen. „Willkommen, Visser. Iniss zwo zwo sechs vom Sulp Niaar-Pool unterwirft sich euch. Möge das Kandrona scheinen und euch stärken."

„Und dich", sagte Visser Drei höflich. „Berichte."

„Ich habe vier neue freiwillige Wirte, Visser", sagte Chapman. „Zwei sind Kinder, die in der Frontorganisation, dem Freundschaftsklub, angeworben wurden. Von den beiden Erwachsenen ist einer ein FBI-Agent, eine Art Polizist. Er könnte unter Umständen sehr …"

„IDIOT!" Visser Drei's künstliche Stimme war flach, jedoch klang immer noch eine Menge Wut durch. „Sind mir vielleicht eine Hand voll Wirte wichtig? Was hast du von den andalitischen Banditen gehört?"

„Visser, was kann ich tun … wenn sie sich nicht zeigen?"

„Sie haben sich beim Angriff auf den Pool irdischer Tiere bedient", sagte Visser Drei. „Und zwar starker, gefährlicher Erdentiere. Finde heraus, wie sie zu solchen Morphs kommen konnten. Meine Experten hier sagen mir, dass diese Tiere in dieser Region des Planeten selten sind."

„Ja, Visser. Das werde ich tun …"

„Ja. Das *wirst* du. Und da ist noch ein Problem. Wir benötigen weitere sechs Human-Controller, die als Wachpersonal geeignet sind. Sie sollen die Wachen um das Kandrona verstärken."

<Was ist los?>, fragte Jake.

<Visser Drei hält Chapman eine Strafpredigt.>

<Wie schade, dass Marco nicht hier ist. Das würde ihm gefallen, zu sehen, wie Chapman eine aufs Dach kriegt.>

<Er will uns um jeden Preis>, sagte ich. <Oder zumindest die Andaliten, für die er uns hält. Er postiert zusätzliche Wachen um das Kandrona. Human-Controller.>

<Das ist interessant, vielleicht wird er …>

Der Fuß bewegte sich zu schnell. Die Schuhspitze traf mich in die Rippen.

„Mmrrriiaauu!"

Chapman stieß sich von seinem Schreibtisch ab und glitt direkt durch das Hologramm von Visser Drei. Eine Sekunde lang sah ich sie vereint, als wären sie eine grauenhafte Kreatur.

„Was ist da los?", fragte Visser Drei.

Chapman starrte mich an, und in seinen Augen spiegelten sich Entsetzen und Wut.

Ich legte meine Ohren flach an. Meine Krallen kamen zum Vorschein, und ich zeigte die Zähne.

„Es ist dieses Tier, Visser. Die Katze“, sagte Chapman in einem Ton voller Verachtung und Angst.

Visser Drei presste ein schäumendes, halb zischendes Geräusch hervor.

„Du hättest sie töten sollen, als ich es dir befahl, Iniss zwo zwo sechs.“

„Aber Visser ...“, protestierte Chapman.

„Und trotzdem wird sich alles zu meinem Vorteil entwickeln“, sagte Visser Drei. „Nun kann es keinen Zweifel mehr geben, dass diese Katze einer der andalitischen Banditen ist.“

<Jake? Wir stecken in der Klemme>, sagte ich. <Und zwar bis zum Hals.>

„Wir brauchen nicht länger nach den Andaliten zu suchen“, sagte Visser Drei. „Wir haben einen direkt hier bei uns.“

„Soll ich die Katze töten?“, fragte Chapman.

„Nein. Noch nicht. Schnapp sie dir. Rasch, bevor sie sich in Andalitengestalt zurückmorphen kann. Bis ich mit der hier fertig bin, werden wir sie alle haben! Es ist schon lange her, seit ich einen stolzen andalitischen Krieger gefoltert habe. Aber ich weiß, wie man sie bricht. Schnapp sie dir und bring sie – *mir*!“

Chapman hütete sich zu widersprechen.

KAPITEL 18

Chapman tauchte ab. Seine Hände waren weit geöffnet, um nach mir zu greifen.

Ich saß in der Falle! Kein Fluchtweg. Keine Chance, diese Tür zu öffnen und abzuhauen.

Gefangen!

Keine vernünftige Wahl, als aufzugeben.

Doch die Katze und ich waren hierüber einer Meinung: Aufgeben kommt nicht in Frage. Niemals.

Ich fühlte, wie meine Krallen ausfuhren. Meine Pupillen waren geweitet und bereit, jede kleinste Bewegung zu registrieren. Meine Ohren lagen ganz flach am Kopf an. Meine nadelspitzen Zähne blitzten auf. Meine Flüssigstahlmuskeln waren angespannt.

Chapmans Hand schien abzubremsen. Er machte den Eindruck, als bewege er sich in Zeitlupe. Alles erschien meinen empfindlicheren Katzensinnen langsamer. Nur ich bewegte mich mit normaler Geschwindigkeit.

Meine Pfote schlug zu. Meine Krallen bohrten sich in das Fleisch. Auf Chapmans Handrücken erschienen drei leuchtend rote Kratzspuren.

Ich konnte das hervorquellende Blut riechen.

„Aauuu!“, jaulte Chapman und wich zurück.

„Schnapp sie dir!“, schrie Visser Drei.

<Was ist denn da los?>, wunderte sich Jake. <Ich hab das Gefühl, als ob wir munter durch die Gegend hüpfen.>

Chapman setzte eine finstere Miene auf. Wieder kam er auf mich zu. Ich war in die Enge getrieben. Kein Ausweg.

Meine Krallen kamen geflogen. Chapman schrie auf. Die Krallen rissen tiefe Kratzer in seine Arme und Hände.

Er packte mich um die Mitte. Die Katze in mir hasste es, so gepackt zu werden.

Und zwar ganz gehörig.

Jetzt setzte ich meine Zähne ein. Ich war ein zehn Pfund schweres Bündel aus blitzschnellen Krallen und Zähnen. Chapmans Hände sahen übel zugerichtet aus.

„Ein prächtiges Tier!“, bemerkte Visser Drei. „Dreh sie um. Drück sie mit dem Unterarm nieder. Ja, so ist’s gut.“

Ich wütete ordentlich. Glaubt mir, Chapman bekam ganz schön was ab.

Doch letztlich konnte ich so verbissen kämpfen, wie ich wollte – ich brachte ganze zehn Pfund auf die Waage. Chapman dagegen war rund achtzehnmal so schwer.

Er schlang seinen Unterarm um mich herum und hielt mich gegen seine Brust gepresst. Meine Vorderbeine steckten fest.

Mit dem zweiten Arm gelang es ihm dann, meine Hinterbeine zu packen.

Alles, was ich noch tun konnte, war beißen.

Und das tat ich. Immer und immer wieder. Dabei konnte ich ihm zwar Schmerzen zufügen, aber töten konnte ich ihn nicht. Ich konnte ihn nicht aufhalten. Seine Angst vor Visser Drei war größer als seine von mir zugefügten Schmerzen.

„Bring sie mir", sagte Visser Drei begeistert. „Bring sie zu mir. Ich nehme sie am nächsten Landeplatz in Empfang."

„Visser, was ist, wenn … Auuu! … Was ist, wenn sie in ihre Andalitengestalt zurückmorpht?"

„Du bist bewaffnet. Wenn sie das versuchen sollte, tötest du sie."

„Jawohl … Ahhh! … Du kleines Mistvieh! Ja, Visser. Ich werde mich direkt dorthin begeben."

„Wir werden uns um diesen andalitischen Banditen kümmern. Und bring auch das Mädchen mit."

„Das Mädchen … Melissa?", fragte Chapman.

„Ich war zu lange nachsichtig. Dieser andalitische Spion ist in dein Haus eingedrungen. Und zwar wegen des Mädchens. Ich habe schon den Yirk für sie auserwählt. Bring sie zusammen mit dem Andaliten. Gehorche mir, Iniss zwo zwo sechs! Oder mach dich auf eine Begegnung mit dem Vanarx gefasst."

Visser Drei's Hologramm verschwand. Plötzlich warf mich Chapman quer durch den Raum. Ich wirbelte in der Luft herum und streckte meine Beine zur Landung voraus. Hierbei rutschte ich ab und glitt über den Fußboden.

<Also, was ist da draußen eigentlich los?>

Bis ich wieder auf allen vieren stand, war Chapman schon an seinem Schreibtisch und öffnete eine Schublade. Seine blutverschmierte Hand kramte einen kleinen pistolenartigen Gegenstand hervor, wie ich ihn schon mal gesehen hatte. Es war ein Dracon-Handstrahler.

Chapman richtete die Waffe auf mich. Er zitterte. Sein Gesicht schien zu zucken. Bei jedem Krampf zuckte die Waffe ein wenig. Aber ich wusste, dass er mich dennoch erwischt hätte, wenn ich mich zu rühren versucht hätte.

<Sagst du mir jetzt endlich, was los ist?>, fragte Jake. <Vor ein paar Sekunden spürte ich noch einen anderen warmen Körper in der Nähe. Und ich wittere Blut, glaub ich.>

<Wir stecken in Schwierigkeiten>, sagte ich.

<Was für Schwierigkeiten?>, fragte Jake.

<Chapman hält einen Draconstrahler auf mich gerichtet. Er weiß, dass ich eigentlich keine Katze bin. Er hält mich für einen Andaliten. Und er bringt mich zu Visser Drei.>

<Oh. Das ist schlecht.>

<Es kommt noch schlimmer. Visser Drei will auch Melissa.>

Chapman öffnete die Tür einen Spaltbreit. „Komm runter! Sofort!“, schrie er nach oben.

Vermutlich sah er, wie mein Blick zur Tür hin wanderte. Er setzte ein wütendes, boshaftes Grinsen auf. „Versuch es, Andalit. Komm, versuch’s doch. Ich würde dich nur zu gern rösten.“

Ich beschloss, nicht zur Tür zu laufen.

„Durch dich ist mein Leben sehr schwierig geworden", sagte Chapman. „Sehr schwierig. Wenn ich Visser Drei das Mädchen überlassen muss, wird mir mein Wirt das Leben zur Hölle machen. Weißt du, wie anstrengend ein Wirt ist, der nicht mit uns kooperiert? Nein, natürlich nicht. Aber verlass dich drauf, Andalit: Ich werde dich mit Freuden töten."

Mrs Chapman erschien an der Tür. „Was gibt's denn?"

„Diese Katze ist einer der andalitischen Banditen in einem Morph. Visser Drei will ihn haben. Hol mir den Käfig, in dem wir Fluffer immer zum Tierarzt bringen."

Mrs Chapman nickte und verschwand.

<Was passiert jetzt?>, fragte Jake.

<Mrs Chapman holt einen Käfig>, sagte ich. Ich fühlte mich ausgesprochen frustriert. Wegen mir würden die Yirks Melissa in die Finger kriegen. Ich hatte versagt. Und dabei ein Chaos verursacht.

Mrs Chapman brachte den Käfig. Sie öffnete die kleine Gittertür.

„Rein!", fauchte Chapman.

Ich rührte mich nicht.

„Rein mit dir", sagte er in einem unheimlichen Flüsterton. „Rein, oder ich erledige dich gleich hier."

Er schien zu meinen, was er sagte. Ich schlüpfte in den Käfig.

Mrs Chapman schloss die Tür und prüfte, ob sie verriegelt war.

Chapman hob den Käfig an und trug mich die Treppe hinauf. „Jetzt“, bellte er seine Frau an, „geh und hole … argh!“

Ich spähte durch die Stäbe an der Käfigseite und sah, wie er taumelte. Sein Gesicht zuckte wie bei einem Wahnsinnigen. Er hatte offenbar große Mühe, seinen Mund unter Kontrolle zu bekommen. „Geh … hol … das … Mädchen“, presste er zwischen den Zähnen hervor.

Mrs Chapman tat, wie ihr geheißen, doch dann schrie Chapman auf.

„Oh! Urgh!“ Er fiel auf die Knie. „Er be… argh … er bekämpft mich …“

„Eine Wirtsrebellion“, flüsterte Mrs Chapman. Sie schien entsetzt und zugleich fasziniert. Dann schlug sie sich plötzlich mit der linken Hand ins Gesicht.

„Aahhhh! Bei m-mir … a-auch!“

„Hör auf, Chapman“, sagte Chapman. „Hör damit auf, oder ich mach dich fertig! Ich lass von dir nichts übrig als eine Hülle! Du kannst nicht gewinnen. Kein Wirt hat je mit Erfolg rebelliert!“

Doch der Wirts-Chapman gab noch nicht auf.

Es war schrecklich.

Auf eine Weise schrecklich, die einem Lust aufs Zuschauen bereitete. Für jeden anderen hätte es einfach so ausgesehen, als ob unser stellvertretender Direktor und seine Frau durchgeknallt wären. Chapman führte Selbstgespräche und zuckte und wand sich am Boden, noch immer unfähig, aufzustehen.

<Die Wirte rebellieren gegen die Yirks!>, sagte ich zu Jake. <Die menschlichen Gehirne leisten Widerstand. Chapman ist außer Rand und Band. Mrs Chapman versucht sich mit ihrer eigenen Hand zu ersticken. Der Yirk versucht die Kontrolle zurückzuerobern. Unfassbar!>

<Ich kann das nicht glauben! Ich kann nicht glauben, dass sich die Wirte so zur Wehr setzen können.>

<Es ist wegen Melissa. Sie kämpfen um ihre Tochter.>

„Aaaarrrggh!", brüllte Chapman. Plötzlich rappelte er sich auf. „Ich werde siegen, Chapman. Du kannst mir nicht widerstehen!"

Und das stimmte. Der Wirts-Chapman verlor den Kampf. Iniss zwo zwo sechs erlangte die Kontrolle zurück.

Das Gleiche passierte mit Mrs Chapman. Der Yirk in ihrem Kopf zwang die aufständische Hand von ihrer Kehle weg.

Aber keiner der beiden Chapmans sah gut aus.

<Sie sind erschöpft>, berichtete ich Jake. <Sie haben sich wieder unter Kontrolle, sind aber beide ziemlich ramponiert. Verschwitzt. Bleich. Und sie zittern und zucken noch immer.>

Chapman sah seine Frau an. Oder zumindest gab die Yirkschnecke in Chapmans Gehirn seinen Augen den Befehl, zu dem Körper zu schauen, der von einem anderen Yirk kontrolliert wurde. Jetzt fiel es schwerer, Chapman bloß als die Person Chapman zu sehen. Ich hatte es schließlich selbst erlebt, dass in einem Menschen zwei Wesen existieren können.

Ich wusste sogar, wie sich das anfühlte. Auch in meinem Kopf hatten sich zwei Wesen herumgetrieben. Ich hatte Mühe gehabt, die Spitzmaus unter Kontrolle zu bekommen, genau wie Chapmans Yirk nun die Kontrolle über Chapmans Gehirn zu erlangen versuchte.

„Ich hab mich wieder in der Gewalt", sagte Chapman.

Mrs Chapman nickte. „Ja. Aber das war knapp. Sie kämpfen erbittert um ihre Kinder, diese Menschen."

„Und sie werden den Kampf nicht aufgeben. Ich kann meine Tarnung nicht wahren, solange dieser Wirt nur darauf wartet, bei jeder sich bietenden Gelegenheit anzugreifen. Ich muss jeden Tag in der Schule sein. Für den Augenblick ist der Wirt geschlagen und erschöpft, doch in ein paar Tagen wird er wieder zuschlagen." Chapman klang wütend und frustriert. „Er ist kein Trottel. Er weiß, dass er nicht gewinnen kann. Und ihm ist klar, dass er aus jedem Kampf schwächer hervorgehen wird und dass ich am Ende triumphieren werde. Aber er gibt nicht auf."

Mrs Chapman trat gegen den Käfig, als ob ich an allem schuld wäre. „Er muss nicht gewinnen. Er braucht bloß abzuwarten, bis du in einer Versammlung mit Eltern oder Mitgliedern der Schulbehörde bist, um dann zuzuschlagen. Sie werden alle denken, du hättest den Verstand verloren."

Chapman schaute gehetzt drein. Er blickte prüfend auf seine Armbanduhr. „Ich werde den Andaliten zu Visser Drei bringen. Vielleicht … vielleicht versteht er ja, was ich meine."

„Geh, rasch! Du darfst keine Zeit verlieren", sagte Mrs Chapman zu ihrem Mann.

Chapman schnappte sich den Käfig, in dem ich saß. Er eilte durch die Tür. Unterwegs knallte er mich noch gegen den Türpfosten.

„Papa? Papa? Was machst du denn da?"

Melissa stand an der gegenüberliegenden Seite des Wohnzimmers. Ich hatte sie gar nicht kommen sehen. Wo hatte sie gesteckt? Ich konnte nur beten, dass sie nicht alles mitgehört hatte. Falls ja, dann gab es keine Hoffnung mehr für sie.

Chapman stapfte weiter. Hinaus in die verregnete Nacht.

„Papa? Hast du Fluffer da drin?"

<Es ist Melissa>, informierte ich Jake. <Wenn sie nicht verschwindet, zwingt sie die beiden noch dazu, sie mitzunehmen!>

„Papa?" Melissas Stimme klang jetzt verängstigt. Sie kam angerannt.

Chapman lief schneller. Hier half der echte Chapman. Er wusste, dass seine Tochter die Lage nur verschlimmern würde, wenn sie einzugreifen versuchte.

„Fluffer!", schrie Melissa.

Es gab nur eine Hoffnung. <Tobias?>, rief ich in meiner Gedankensprache, so laut ich konnte. <Tobias, kannst du mich hören?>

Seine Antwort kam leise, aber es war Tobias. <Ja, Rachel.>

<Wir brauchen den echten Fluffer! Und zwar auf der Stelle!>

<Rachel, was geht da draußen vor?>, fragte Jake.

„Fluffer! Wo bringst du Fluffer hin? Bleib doch stehen, Papa!“

KAPITEL 19

Durch die Vordertür ging es hinaus ins Freie. Hinaus in die Nacht. Melissa, die Mitleid erregend schluchzte. Jake, der wissen wollte, was da abging. Und Chapman, der so schnell ging, wie er konnte.

Melissa packte ihren Vater am Arm. Der Käfig schlenkerte heftig.

„Papa, du kannst doch Fluffer nicht wegbringen. Bring ihn nicht fort! Was tust du bloß?"

Das Auto. Ich konnte es in der Einfahrt stehen sehen. Wir waren fast da.

Plötzlich hörte ich ein murrendes, maunzendes, hohes Geräusch, das zischend begann und kreischend abbrach.

Pfeilschnell kam er über den Rasen angerannt.

Der *echte* Fluffer.

Er rannte, als wären ihm alle Ungeheuer der Welt auf den Fersen.

In der Dunkelheit konnten die Menschen nicht sehen, wovor Fluffer solche Angst hatte. Mit meinen Katzenaugen konnte ich es perfekt sehen. Nur etwa einen Meter über dem Boden kam Tobias wie ein dunkler Schatten des Todes.

Fluffer muss seinen Käfig wieder erkannt haben. Er muss sich gedacht haben, dass er, wenn er nur hineinkäme, sicher wäre vor den Klauen des Greifvogels, der ihn verfolgte.

Fluffer sprang gegen den Käfig. Er krabbelte hinauf und versuchte sich an dem Plastik festzukrallen.

Für eine Sekunde erstarrte Fluffer McKitty, denn er sah etwas, das er nie zu sehen erwartet hätte: sich selbst.

Kaum weniger unheimlich war die Sache für mich. Die Katze in meinem Kopf war total perplex. Diese neue Katze roch genau wie sie selbst. Das ergab gar keinen Sinn. Es bedeutete nichts. Es war in keine Katzenwirklichkeit einzuordnen. Der menschliche Teil von mir bemerkte eine kleine Risswunde auf Fluffers Kopf. Tobias hatte ihm einen guten Hieb verpasst, um ihn in die richtige Richtung zu bewegen.

„Fluffer?“, sagte Melissa. „Aber …“ Sie versuchte ins Innere des Käfigs zu spähen.

Chapman reagierte schnell. „Nein, mein Spatz“, sagte er. „Das ist gar nicht Fluffer. Es ist irgendeine fremde Katze, die sich in unseren Keller verirrt hat. Ich bringe sie ins Tierheim, damit ihre Besitzer sie abholen können.“

„Aber warum hast du mir das denn nicht gleich gesagt?“

Chapman blickte verwirrt drein. „Ich … ich hab dich nicht bemerkt.“

Melissa trat zurück, als hätte sie eine Ohrfeige bekommen. „Aber Papa, ich hab doch geweint.“

„Tut mir Leid“, sagte Chapman mit einem Schulterzucken. Er schob den Käfig auf den Rücksitz.

Wir fuhren los. Ich seufzte erleichtert. Es war mir zwar klar, dass Melissa damit noch nicht in Sicherheit war, aber für den Augenblick wenigstens war sie es.

<Gut gemacht, Tobias>, sagte ich. Wahrscheinlich konnte er mich jedoch nicht hören. Und ich konnte nicht aus dem Fenster schauen; deshalb wusste ich nicht, ob er oder Marco oder Cassie irgendwo in der Nähe waren.

<Jake? Bist du noch bei mir?>

<Ja. Kannst du mir kurz sagen, was los ist? So ein Leben als Floh ist ganz toll, um sich zu verstecken, aber ich hab null Ahnung, was hier abgeht.>

<Ich bin in einer Katzenkiste. Chapman fährt den Wagen. Er beobachtet mich im Rückspiegel. Seinen Draconstrahler hat er auch noch. Schätze, ich sitze hier ganz gehörig in der Patsche.>

<Noch haben wir nicht verloren>, sagte Jake.

<Jake, die Zeit wird langsam knapp. Das ist jetzt mindestens eine Stunde her. Und du hast schon vor mir gemorpht. Mach, dass du wegkommst, du musst dich zurückmorphen.>

<Wir haben noch Zeit>, sagte Jake.

<Hast du ’ne Uhr, Jake?>, fragte ich. <Ach so, wohl kaum. Was bist du schon – gerade mal doppelt so groß wie ein Punkt auf ’ner Buchseite … Du darfst nicht riskieren, in einem Flohmorph festzustecken. Außerdem kannst du gar nichts tun.>

Wir waren noch nicht weit gefahren, als der Wagen über eine holprige Straße rumpelte.

<Sobald wir hier rauskommen, musst du abspringen, Jake>, sagte ich. <Zwing dich einfach dazu, die Wärme und den Blutgeruch hinter dir zu lassen. Du schaffst das.>

Der Wagen hielt an.

<Rachel, ich lass dich unter keinen Umständen allein.>

Ich wusste, er wollte tapfer sein, aber er trieb mich schier in den Wahnsinn. <Jake, wir sitzen in der Falle. Er hat einen Draconstrahler und ich hocke in einem Käfig. Visser Drei kommt, um mich abzuholen. Ich kann nicht zurückmorphen, sonst sehen sie, dass ich ein Mensch bin. Chapman wird mich wieder erkennen. Wie lange, glaubst du, wird es dauern, bis sie dahinter kommen, wer die Übrigen von uns sind? Das wäre das Ende von uns allen. Das Ende der Animorphs. Das Ende der einzigen Hoffnung, diese Kerle aufzuhalten. Komm schon, Jake, du weißt, dass ich Recht habe.>

<Wir sind noch nicht geschlagen>, wiederholte Jake starrköpfig.

<Meine einzige Chance ist, in Katzengestalt zu bleiben>, sagte ich. <Sie werden mich wahrscheinlich … du weißt ja … aber wenigstens werden sie nie erfahren, wer ihr anderen seid. Und jetzt hüpf von mir runter.>

Chapman stieg aus dem Auto und öffnete die hintere Wagentür.

„Zeit, dem Visser zu begegnen, Andalit. Er wird sich prächtig amüsieren mit dir.“

Chapman hob mich vom Rücksitz herunter. Ich sah durch die Stäbe.

<Wir sind auf der Baustelle>, sagte ich zu Jake. <Jetzt mach, dass du runterkommst.>

<Ich bin nicht …>

Ich konnte mich nicht länger mit Jake herumstreiten. Jetzt hatte ich Angst. Richtig Angst. Ich konnte mir vorstellen, was Visser Drei mit mir anstellen würde.

<Tut mir Leid, Jake, aber diesmal bin ich der Boss>, sagte ich. Ich zog mein Hinterbein an und begann mich katzenhaft flink zu kratzen.

<Was zum … was tust du denn da?>

<Ich kratze mich. Ich will dich loshaben.>

<Okay, okay>, sagte Jake. <Hör auf damit. Es ist wie ein Erdbeben hier. Okay, Rachel. Du hast Recht. Diese Schlacht haben wir verloren.>

Chapman trug den Käfig auf die Baustelle. Unter mir sah ich den Erdboden dahinhuschen. Durch die Gitterstäbe konnte ich all die halb fertigen Betonbauten erkennen. Ich konnte genau die Stelle sehen, wo wir fünf voller Entsetzen mit ansehen mussten, wie sich Visser Drei in ein Monster morphte und den Andalitenprinzen verschlang.

Der letzte verzweifelte Schrei des Andaliten klang mir wieder in den Ohren. Er hatte seinen Kampf verloren. Nun war ich dabei, meinen zu verlieren.

Vielleicht hatte es nie Hoffnung gegeben. Vielleicht war es naiv von uns gewesen, auch nur daran zu denken, den Yirks Widerstand leisten zu können.

<Verschwinde von hier, Jake>, sagte ich.

<In Ordnung, Rachel. Ich gehe. Also dann … sei stark, Rachel.>

<Ja, Jake. Du auch.>

<Ich springe …>

Ein paar Sekunden später stellte Chapman mich auf dem Boden ab. Er wartete neben dem Käfig. Angestrengt starrten wir beide in die Dunkelheit hinaus.

Ich wollte mich vergewissern, ob Jake auch wirklich weg war. <Jake? Jake?>

Keine Antwort.

<Jake, antworte mir. Ich hab meine Meinung geändert. Ich will, dass du bei mir bleibst.> Wenn er mich angelogen hatte, würde er jetzt antworten. <Mach schon, Jake, ich hab mir's anders überlegt. Ich brauche dich.>

Keine Antwort. Er war wirklich fort. Diese Tatsache erfüllte mich mit grimmiger Zufriedenheit. Wenn Jake und die anderen überlebten, würde es immer noch etwas Hoffnung geben.

Aber dieses Gefühl der totalen Verlassenheit war grausam.

Dann hörte ich, wie etwas Großes durch die Luft gesaust kam. Ich drückte meinen Kopf gegen die Tür und sah hinauf. Drei Raumschiffe setzten zum Landeanflug auf die Baustelle an.

Zwei von ihnen waren kleiner, etwa so groß wie eines dieser Wohnmobile, vielleicht etwas größer. Sie hatten eine insektenartige Kuppelform und sahen aus wie Käfer mit langen, gezackten, nach vorn gerichteten Zwillingsspeeren auf jeder Seite. Der Andalit hatte sie als Kampfdrohnen bezeichnet.

Das dritte Raumschiff war viel größer und erinnerte an eine historische Streitaxt. Es war pechschwarz, spitz und sah todbringend aus. Während es langsam zu uns herabsank, fühlte ich, wie meine Angst größer wurde.

Es war nicht die Katze, die sich fürchtete. Sondern ich, der Mensch. Die Katze wusste nicht, was dieses Schiff war – ich schon. Ich hatte es bereits einmal gesehen. Der Andalit hatte es ein Kommandoschiff genannt.

Es war Visser Drei's Privatschiff. Und von ihm schienen Angst und Schrecken auszugehen. Ich konnte Chapmans Angstschweiß riechen.

Ich glaube, ich war froh, dass auch er Angst hatte. Vielleicht würde sich Visser Drei in den Vanarx verwandeln und den Chapman-Yirk aus Chapmans Kopf saugen. Vielleicht würde der echte Chapman ein paar Sekunden Freiheit erfahren, bevor er getötet wurde. Vielleicht würde der Chapman-Yirk leiden, bevor Visser Drei ihn erledigte.

Vielleicht.

Angst ist wie ein Wurm in deinem Körper. Sie frisst dich auf. Sie zerkaut deine Innereien. Sie bohrt Löcher in dein Herz. Sie bewirkt, dass du dich hohl fühlst. Leer. Allein.

Angst.

Das Kommandoschiff landete zwischen zwei der Rohbauten. Die Kampfdrohnen kamen links und rechts davon zum Stehen. Schon seltsam, wie sie so zwischen den gelb gestrichenen Baggern und Planierraupen auf der Baustelle geparkt standen.

Die Baumaschinen sahen aus wie Spielzeuge. Dagegen erinnerten die Raumschiffe der Außerirdischen an tödliche Waffen.

Ich hatte Angst. Ich versuchte mir den Mut und die Gleichgültigkeit der Katze auszuleihen. Doch dann öffnete sich die Tür des Kommandoschiffs. Ich hatte keinen Mut mehr.

Nur Angst.

KAPITEL 20

Visser Drei in Wirklichkeit ist viel schlimmer als Visser Drei in Hologrammform. Dabei hat er gar nichts an sich, was schrecklich wäre. Zumindest nicht, solange er sich in seinem normalen Andalitenkörper befindet. Zugegeben, Andaliten sehen schon merkwürdig aus. Aber sie sind nicht zum Fürchten.

Doch ich war einem echten Andaliten begegnet. Der Unterschied zwischen einem echten Andaliten und der bösartigen Kreatur namens Visser Drei war deutlich. Es schien, als würde in ihm irgendein dunkles Licht glühen. Ein Licht, das einen Schatten auf deine Seele wirft.

Visser Drei. Sogar Chapman fürchtete ihn.

Zwei Hork-Bajirs flankierten den Visser als Wachen. Jeder von ihnen trug einen Draconstrahler bei sich. Nicht, dass Hork-Bajirs überhaupt so aussahen, als ob sie Waffen bräuchten: Sie *waren* Waffen.

Marco hatte sie treffend *wandelnde Salathäcksler* genannt. Sie waren lebende Rasierklingen. Aus ihrer Stirn ragten unheilvoll gekrümmte Klingen. Weitere Klingen befanden sich an ihren Ellbogen und Handgelenken. Ihre

Füße waren wie Tobias' Fänge, nur viel größer, eher wie die Füße eines Tyrannosaurus.

Sie waren gut zwei Meter groß, vielleicht auch etwas mehr, und sie hatten einen Stachelschwanz. Der Andalit hatte uns gesagt, dass die Hork-Bajirs gute Leute seien, die nur von Yirks versklavt wurden – genau so, wie die Yirks Menschen versklaven wollten. Es fiel jedoch schwer, beim Betrachten von Hork-Bajirs nicht automatisch an Killermaschinen zu denken.

Hinter den Hork-Bajirs folgten vier Taxxons.

Stellt euch einen Hundertfüßer vor. Als Nächstes stellt ihr euch einen Hundertfüßer von doppelter Manneslänge vor, mit einem Umfang wie dem eines Menschen. Nun stellt euch vor, dass der Hundertfüßer das vordere Drittel seines Rumpfes aufrecht hält. Und auf der Unterseite stellt ihr euch spitze Beine wie Stahlstifte vor, dazu kleinere, krallenbewehrte Beine, die zum Kopf hin immer kleiner werden.

Nicht, dass der Taxxon einen richtigen Kopf hätte. Seine Augen werden von vier einzelnen Klumpen gebildet, die wie zerhacktes rotes Fruchtgummi aussehen. Und ganz oben kommt ein Mund. Dieser ist völlig kreisrund und von vielen Reihen kleiner, nadelspitzer Zähne gesäumt.

Der Andalit hatte uns erzählt, dass die Taxxons allesamt freiwillige Wirte seien. Sie sind Verbündete der Yirks.

Doch so grauenhaft die Hork-Bajirs und Taxxons auch sein mochten – es war Visser Drei, der für die Gänsehaut sorgte.

Ohne den holografischen Kommunikator nahm der Visser in der gewohnten andalitischen Weise Kontakt auf. Er benützte die Gedankensprache, so wie wir es alle machten, wenn wir gemorpht waren.

<Ist das der andalitische Bandit?>, fragte er Chapman.

„Ja, Visser."

Auf seinen zierlichen Andalitenbeinen schritt Visser Drei fast trippelnd auf mich zu. Er glich einer Kreuzung zwischen einem Hirsch, einem Menschen und einem Skorpion. Nun richtete er seine Hauptaugen auf mich. Mit seinen Stielaugen suchte er wachsam die Umgebung ab. Dann beugte er sich dicht zum Käfig herunter.

Ich starrte ihm direkt ins Gesicht. Ich konnte sehen, wie seine Nasenschlitze beim Atmen auf- und zugingen. Und wie sich seine großen, mandelförmigen Augen verengten, als er hineinspähte, um mich besser sehen zu können.

Er war nur wenige Zentimeter entfernt. Ich hätte versuchen sollen, durch die Gitterstäbe zu langen und ihn wenigstens ein bisschen bluten zu lassen.

Aber die Furcht hatte mich gepackt. Ich fühlte mich elend vor Angst. Und ich schäme mich nicht, es zuzugeben. Ich konnte es nicht ertragen, wie mich seine Augen musterten. Ich wandte mich ab und fürchtete mich, hinzuschauen.

<Na, hat uns jetzt der Mut verlassen, mein andalitischer Freund?>, fragte Visser Drei höhnisch.

Es war das erste Mal, dass der Visser einen von uns direkt ansprach. Seine Stimme war in meinem Kopf, bedrohlich und grausam und unbeschreiblich fies. Eine Stimme voller Kraft – und Hass. Als er mich mit Andalit anredete, hätte ich am liebsten geschrien: „Nein, nein, Visser, kein Andalit. Ein Mensch. Ein Mensch!“

Ich konnte förmlich spüren, wie seine enorme Willensstärke auf mich einschlug. Nach einer Sekunde war mir klar: Ich würde seine Befragung niemals überstehen. Ich würde ihm alles sagen. Seine Kraft war millionenfach größer als meine. Sein Wille war eine gewaltige, unwiderstehliche Macht. Und was war ich? Nur irgendein dummes, kleines Mädchen. Ein dummes, verlorenes Mädchen. Verloren.

Und trotzdem – während ich meinen eigenen Geist angesichts des schwarzen Terrors von Visser Drei dahinschwinden fühlte, regte sich noch ein anderer Geist in mir.

Ich war nicht allein. Da war noch jemand anderes in meinem Kopf bei mir. Jemand, dessen Artengedächtnis keine Bilder von Visser Drei kannte: Fluffer. Fluffers Verstand kannte Ängste, aber sie unterschieden sich von meinen. Fluffer hatte Angst vor großen Raubvögeln, lauten, aggressiven Hunden und dominanten Katern.

Von Visser Drei aber war Fluffer keine Spur beeindruckt.

Am Rande der absoluten Panik überließ ich der Katze in meinem Gehirn die Kontrolle. Ich sank zurück und verbarg mich hinter dem ruhigen Katzenverstand.

Visser Drei nahm Chapman den Käfig ab. Er hob ihn hoch, um besser ins Innere sehen zu können.

Und was tat ich? Was machte Fluffer? Er drückte sein rosa Näschen gegen die Gitterstäbe und schnupperte in die Luft.

Fluffer wollte herausfinden, was das für ein Wesen war, und dies bedeutete, dass er von ihm erst mal eine gute Witterung bekommen musste.

<Sie ähnelt der orange-schwarzen Kreatur, die beim Überfall auf den Pool dabei war>, sagte Visser Drei.

Ich brauchte eine Sekunde, bis ich begriff, dass er Jake meinte. Bei der Schlacht am Yirkpool hatte sich Jake in einen Tiger gemorpht.

„Ja, Visser", sagte Chapman. „Sie gehören zur selben Tierfamilie der Katzen. Diese hier sind die kleinsten."

<Wie ich sehe, hast du meinen Diener Iniss zwo zwo sechs verletzt, Andalit>, sagte Visser Drei zu mir. <Niemand hat euch Andaliten je vorgehalten, es fehle euch an Mut. Ihr seid eine Rasse von Narren, aber tapfer.>

Was sollte ich darauf sagen? Danke schön?

<Warum antwortest du mir nicht, Andalit? Ich weiß, du hörst meine Worte. Dieses Spielchen ist zwecklos. Ich weiß, was du bist.>

Ich sagte nichts. Ich versuchte an nichts zu denken. Wenn ich irgendwas sagte, befürchtete ich, würde er sofort wissen, dass ich kein Andalit war. Und wenn er merkte, dass ich ein Mensch war …

Ich musste in diesem Körper bleiben.

Ich musste in diesem Körper sterben und mein Geheimnis mit ins Grab nehmen.

Visser Drei stellte meinen Käfig ab. <Also, wo ist das Mädchen? Ich habe sie Iniss vier fünf fünf versprochen. Iniss vier fünf fünf ist ein Brutpartner von dir, glaube ich. Wir werden die Implantierung an Bord des Mutterschiffs vornehmen, und ich werde das Mädchen morgen zurückbringen lassen. Wo ist die Kleine?>

„Visser … Ich …“, sagte Chapman.

In einer Mikrosekunde fiel die höfliche Maske von Visser Drei ab. Selbst meine Katzenaugen konnten kaum seinen Bewegungen folgen, so flink waren sie. Visser Drei packte Chapman am Hals. Sein Andalitenschwanz bog sich vornüber. Die Dolchspitze am Schwanzende hing drohend vor Chapmans Gesicht.

<Du widersetzt dich mir?> Es klang wie das Zischen einer Schlange.

„N-n-nein, nein, Visser.“ Chapman zitterte wie Espenlaub. „Ich würde mich euch nie widersetzen. Es ist nur … der Wirt. Chapman. Er und seine Frau haben rebelliert.“

<Bist du nicht in der Lage, deinen Wirt zu beherrschen?>, schnaubte Visser Drei verächtlich. <Meinst du, der Geist des Andaliten, der noch in diesem Körper lebt, wehrt sich nie? Hältst du deinen Menschenwirt für mächtiger als meinen eigenen Andalitenwirt?>

Das lief nicht sehr gut für Chapman – für den echten Menschen Chapman oder aber den Human-Controller, der sich Chapman nannte.

„Visser, ich … ich berichte euch nur die Fakten. M-m-mein Wirt ist unter Kontrolle. Aber ich stehe in ständigem

Kontakt mit Menschen. Ich habe einen verantwortungsvollen Posten in ihrer Gesellschaft. Ich kann nicht dulden, dass mein Wirtskörper mich zucken und zittern lässt. Die Menschen sehen in solchen Dingen Anzeichen von Geisteskrankheit. Ich könnte meine Stellung verlieren. Und ich hätte für euch dann keinen Nutzen mehr.“

<Du hast schon jetzt kaum einen Nutzen für mich>, höhnte Visser Drei.

„Visser, mein Wirt bittet um Erlaubnis, sich direkt an euch wenden zu dürfen“, sagte Chapman.

Visser Drei zögerte.

Ich sah, wie seine Stielaugen nach irgendwelchen Anzeichen einer Bedrohung um sich spähten. Instinktiv schaute auch ich mich um. Ich hatte keine Ahnung, wie gut Visser Drei’s übernommene Andalitenaugen im Dunkeln sehen konnten. Für mich jedoch stellte die Dunkelheit kein Hindernis dar.

Ich schaute und wusste nicht mal, wonach ich eigentlich suchte. Doch alles, was ich sah, waren Hork-Bajirs und Taxxons, die Schiffe der Yirks, schweigend und dunkel, dazu die Gebäude und die vergammelten Baumaschinen auf dem Gelände.

Dann bemerkte ich eine winzige Bewegung. Es war in dem Wäldchen, das an die Baustelle grenzte. Eine flinke Seitwärtsbewegung, genau von der Art, wie sie meinen Katzenaugen am ehesten auffiel. Doch als ich genauer hinsah, erkannte ich keine weitere Bewegung. Vermutlich nur ein Hork-Bajir auf Patrouillengang.

<Ich werde dem Wirt gestatten, mit mir zu sprechen>, sagte Visser Drei.

Ich reckte den Hals, so weit es ging, um besser sehen zu können. Einen Augenblick lang tat sich nichts. Dann klappte Chapman plötzlich zusammen. Als ob er eine Marionette wäre und jemand hätte seine Schnüre durchgeschnitten. Er fiel hin wie ein leerer Sack. Seine Beine verdrehten sich unter ihm.

Er versuchte aufzustehen. Aber es schien, als wisse er nicht, wie er seine Beine zum Laufen bringen sollte. Sie zuckten und traten zwar, aber er konnte nicht stehen. Schließlich gab er auf.

„Wischer", nuschelte er. „Wischer Grei. Ent… ich … Entschuldigung. Fischer. Visser. Visser Drei."

Der echte, menschliche Chapman hatte die Kontrolle über seinen Körper schon so lange verloren, dass er sich nicht erinnern konnte, wie das mit dem Gehen oder Sprechen funktionierte.

„Visser Drei", sagte er noch einmal. Seine Stimme klang verschwommen und fremd.

<Sprich, du Idiot>, zischte Visser Drei. <Glaubst du, meine Zeit ist unbegrenzt?>

„Visser Drei. Ihr … Wir hatten eine Abmachung. Ihr wisst, ich wollte mich euch niemals anschließen. Meine Frau schon. Doch ich sagte Nein. Aber … aber dann tat meine Frau … die damals natürlich nicht mehr meine Frau war …" Plötzlich begann er zu weinen. Ich konnte seine Tränen ganz deutlich sehen. „Meine Frau, die nicht mehr meine Frau war … meine Frau, die eine eurer Kreaturen war … drohte … drohte damit, euch meine Tochter zu geben."

Chapman gelang es mühsam, eine Hand an die Augen zu heben. „Ich vergebe ihr. Sie war schwach. Und ihr lebt ja von der Schwachheit."

<Ja, ja, komm zur Sache>, mahnte Visser Drei.

Ein Hork-Bajir näherte sich. Er murmelte etwas zu dem Visser und entfernte sich dann wieder. Ich konnte nicht hören oder verstehen, was der Hork-Bajir gesagt hatte, aber wie es schien, hatte er Visser Drei daran erinnert, dass sie sich hier nicht zu lange aufhalten sollten.

„Der Punkt ist der", sagte Chapman, „dass ich eingewilligt habe, mich zu einem Wirt machen zu lassen. Das tat ich, um … um …" Er sah aus, als müsste er sich gleich übergeben. „Ich war bereit, meine Freiheit aufzugeben. Ein Controller zu werden. Dieses widerliche Ding in meinem Kopf zu akzeptieren. Dazu war ich bereit … aber nur, wenn ihr meine Tochter verschonen würdet."

Ich glaubte, mein Herz würde stehen bleiben. Chapman war ein Controller geworden, um Melissa zu retten? Er hatte mehr als sein Leben geopfert, um seine Tochter zu retten?

<Die Lage hat sich geändert>, sagte Visser Drei. <Die Person Chapman ist ein wichtiger Teil unserer Arbeit. Wir können nicht zulassen, dass sie von irgendeinem unkontrollierbaren Menschen bedroht wird.>

„Das Mädchen … ist keine Bedrohung. Aber …"

Wieder versuchte Chapman sich auf schwerfälligen Beinen und unbeholfenen Armen hochzurappeln. Er schaffte es, bis auf die Knie zu kommen. Dann stand er ganz langsam auf. Er zitterte und schwankte, aber er stand.

„Das Mädchen ist keine Bedrohung“, wiederholte er nun in einem Ton, der mehr Kraft und Zuversicht ausstrahlte. „Aber ich.“

KAPITEL 21

<Du? Eine Bedrohung?> Visser Drei lachte. Er langte mit einer Hand nach vorn und stieß leicht gegen Chapmans Brust. Chapman fiel rückwärts in den Dreck. Sein Kopf befand sich nur wenige Zentimeter von der Tür meines Käfigs entfernt. Tränen liefen ihm die Wange hinunter.

„Wenn ihr meiner Tochter was antut, werde ich euch bekämpfen. Ich werde euch für immer und ewig bekämpfen. Fragt euren Yirk, ob er mir glaubt. Er kennt mich besser als jeder andere. Fragt Iniss zwo zwo sechs, ob ich um meine Tochter kämpfen werde."

Chapman schloss die Augen. Die Tränen versiegten. Dann öffnete er die Augen wieder. Hastig stand er vom Boden auf und stellte sich vor Visser Drei hin. Die Yirkschnecke hatte wieder die Kontrolle. Und Chapman war wieder ein Controller.

Bevor er stand, fiel mein Blick auf etwas, das mir erneut Angstschauer über den Rücken jagte: Chapmans Armbanduhr. Es war jetzt zwei Minuten vor halb zehn. Mir blieben nur noch etwa siebzehn Minuten bis zum Erreichen des Zwei-Stunden-Limits!

<Der Wirt will versuchen, dich zu stören?>

„Ja, Visser. Und auch die Frau. Sie ist nicht so stark wie er hier, jedoch errang sie die Kontrolle über eine Hand. Vielleicht ist sie kräftiger, als wir ahnen.“ Er zögerte, bevor er weitersprach. Noch immer konnte ich die Angst an ihm riechen. „Ich bin von größerem Nutzen mit einem passiven, freiwilligen Wirt. Aber ich bin euer Werkzeug, Visser. Ich werde tun, was ihr mir befehlt.“

<Ja, gewiss wirst du tun, was ich dir befehle>, sagte Visser Drei. <Aber du hast mir den andalitischen Banditen gebracht.> Er nickte zu mir herunter. <Und damit bin ich für eine Weile beschäftigt. Lass das Mädchen in Ruhe, vorläufig jedenfalls. Und jetzt geh. Du strapazierst meine Geduld.>

Chapman brauchte keine zweite Einladung. Er sprang ins Auto und fuhr davon.

Melissa war sicher. So sicher, wie sie mit Chapman als ihrem Vater nur sein konnte. Das war schon etwas. Nicht viel zwar, aber immerhin.

<Vorwärts>, schrie Visser Drei. Unverzüglich reagierten die Hork-Bajirs auf den Befehl. Der mir am nächsten stehende hob mich auf und plötzlich bewegten wir uns rasch auf das Kommandoschiff zu.

In wenigen Sekunden würde alles vorbei sein. Ich würde an Bord von Visser Drei's Schiff sein. Ich würde die Erde verlassen. Das Einzige, was mit Sicherheit vor mir lag, war Schmerz. Vielleicht würde ich sterben, bevor ich meine Freunde verriet. Mehr Hoffnung blieb nicht.

<So. Und was passiert jetzt?>

„*Mrrraaaauuu*!“ Ich sprang hoch wirbelte in meinem Käfig herum. <Jake? Bist du das?>

<Wer denn sonst? Kennst du noch andere sprechende Flöhe, die auf deinem Rücken huckepack reiten?>

<Jake, du solltest doch verschwinden und dich in Sicherheit bringen!>

<Ja, stimmt. Als ob ich dich im Stich lassen würde. Hör zu, ich konnte Visser Drei’s Gedankensprache hören, aber ich weiß nicht, wo wir sind.>

<Noch etwa drei Meter, dann werden wir in Visser Drei’s Kommandoschiff verladen. Und mir bleibt noch ungefähr ’ne Viertelstunde, dann sitze ich in diesem Morph fest.>

<Eine Viertelstunde? Toll, wenn du fünfzehn Minuten hast, dann hab ich zehn. Ich musste ja schon früher morphen als du, erinnere dich.>

<Jake, mach, dass du hier rauskommst! Du kannst doch nicht als Floh gefangen sein!>

Lautlos glitt die Tür des Kommandoschiffs zur Seite. Drinnen konnte ich dunkelrotes Licht erkennen. Und eine Hand voll Taxxons, die scheinbar über irgendwelche Steuerpulte gebeugt waren. Und mehrere Hork-Bajirs, die strammstanden.

<Ich werde nicht von hier verschwinden>, sagte Jake. <Und auch sonst keiner von uns.>

<Keiner von … Du meinst, die anderen sind auch alle Flöhe?>

<Nein, aber sie müssten irgendwo in der Nähe sein. Tobias sollte uns folgen und die anderen zu dem Ort führen, wo wir am Ende rauskämen.>

<Sie können gar nichts ausrichten.>

<Ach, wirklich? Na, ich wette, sie werden's versuchen.>

Genau in diesem Moment hörte ich ein seltsames Geräusch. Mein Katzenhirn erkannte es nicht, aber der Mensch in mir. Es war eine Maschine. Eine große Maschine. Wie ein Lastwagen. Oder ein Traktor. Oder …

Eine Planierraupe.

Der Hork-Bajir, der mich trug, sah sie auch. Er rannte in das Schiff und knallte meinen Käfig auf den Boden. Dann rannte er zu dem Visser zurück, der am Eingang wartete.

<Ich glaube, sie haben eine von den Planierraupen gestartet>, berichtete ich Jake.

<Dann ist es wohl an der Zeit für mich, in diesen Kampf einzugreifen>, sagte Jake. <Ich werde gleich einen schnellen Doppelmorph probieren. Hoffentlich klappt's. Hier läuft nix. Jiiii-haaah!>

Durch die offene Tür des Kommandoschiffs sah ich plötzlich die Planierraupe. Sie kam quälend langsam angerumpelt. Aber sie rumpelte geradewegs auf das Kommandoschiff zu.

<Bring uns in die Luft!>, schrie Visser Drei.

Der am nächsten bei ihm stehende Taxxon sagte etwas in seiner glitschigen Schlangensprache. Es klang wie „Sssrrie sswai snerpp snerrrrapp ssriiet."

<Zwei Minuten bis zum Start? Zu lang!>, sagte Visser Drei. Sein Schwanz peitschte nach vorn. Ich sah, wie sich im Fleisch des Taxxons eine riesige, klaffende Wunde öffnete. Grünlich gelber Schleim quoll heraus.

Die anderen Taxxons schienen alle irgendwie aufgeregt. Sie schwenkten ihre kleinen Oberärmchen und schnappten mit ihren kleinen Krallen.

<Du und du.> Visser Drei zeigte auf zwei der Taxxons. <Bringt uns vom Boden hoch! Ihr Übrigen dürft euch über diesen Idioten hermachen.>

Der verletzte Taxxon stieß einen klagenden, glitschigen Schrei aus. Drei andere Taxxons eilten zu ihm. Ihre runden Mäuler fielen über das zuckende Fleisch ihres Gefährten her und begannen zu kauen und an ihm herumzuzerren.

Das Geräusch des Motors schwoll an. Visser Drei erteilte hektisch Befehle. Hork-Bajirs rannten durch die Tür und wieder nach draußen.

Dann sah ich, wie in der dunklen Ecke der Kabine, hinter den wie im Rausch fressenden Taxxons, etwas passierte. Irgendetwas wurde größer. Da drüben wuchs ein Mensch aus dem Nichts.

<Jake!>

<Kann jetzt nicht sprechen. Lenk mich nicht ab.>

Visser Drei kochte vor Wut. Man konnte spüren, wie die Wellen seines Zorns durch den kleinen Raum waberten. <Zerstört diese Maschine!>, befahl er.

Draußen zielten zwei Hork-Bajirs auf die fünf Tonnen langsam rollenden Stahl.

Jake kauerte noch immer in der Ecke, aber er hatte sich erneut zu verwandeln begonnen. Im Dämmerlicht sahen meine Katzenaugen die Entstehung eines Streifenmusters. Schwarz und orange. Die Streifen eines Tigers.

Jetzt war es an der Zeit, dass auch ich meinen Part übernahm. Ich konzentrierte mich. Ich fühlte, wie die Verwandlung einsetzte. Der Käfig um mich herum wurde kleiner.

Rumpelrumpelrumpel. Die Planierraupe kam immer näher.

Der halb tote Taxxon schrie auf, als ihn seine Artgenossen bei lebendigem Leib auffraßen.

Plötzlich sah ich ein grellrotes Licht. Ein britzelndes Geräusch, und die Planierraupe löste sich in nichts auf. Es schnürte mir fast die Kehle zu. Marco! Cassie! Hatten sie es geschafft, noch rechtzeitig wegzukommen?

Ich musste mich konzentrieren und die Schreie der Taxxons ignorieren. Ich durfte mich nicht länger mit der Frage quälen, ob Cassie und Marco auf dieser Planierraupe waren, als sie getroffen wurde. Ich musste mein Morphen kontrollieren. Nicht zu weit, Rachel. Nicht zu viel. Ich durfte kein Mensch werden. Nicht ganz jedenfalls. Ich schaute auf meine Pfote hinunter. Kurze Stummelfinger waren da erschienen. Ich steckte meine halb menschlichen Stummelfinger durch die Gitterstäbe des Käfigs und fand den Riegel.

Einer der fressenden Taxxons sah gerade lang genug von seiner Mahlzeit auf. „Yiirss ssrenn sssiiier!“ Er wedelte mit seinen grässlichen Vorderbeinen in meine Richtung.

Visser Drei fuhr urplötzlich herum und glotzte mich voller Hass an.

Ich öffnete meine Käfigtür.

„Rrrrrroooaaarrr!“ Die riesigen Krallen ausgefahren, kam Jake durch die Luft geflogen.

Ich stürzte aus dem Käfig, eine plumpe Masse aus Fell und Haut, ein Wesen halb Katze und halb Mensch.

Jake traf den Visser in die Seite. <Diesmal gehörst du *mir*, du Dreckskerl!>

Visser Drei fiel nach vorn, begraben unter dem Tiger. Sein todbringender Schwanz zischte herum, verfehlte aber sein Ziel. Mit seinen Krallen, die unendlich größer waren als meine, bearbeitete Jake das Fleisch des Vissers.

<Aaaaaarrgghh!>

Was für eine große Freude, Visser Drei so schreien zu hören! Aber ich musste mich um andere Dinge kümmern.

Halb gemorpht war ich bewegungsunfähig. Ich konzentrierte mich darauf, wieder in meine Katzengestalt zurückzuschlüpfen. Und es blieben mir nur noch wenige Minuten, bis die zwei Stunden um waren.

Jake ließ erst von Visser Drei ab, als dem ein Trupp Hork-Bajirs zu Hilfe eilte.

<Lauf!>, schrie Jake.

<Ja, du auch!>, rief ich zurück.

Wir rannten los. Ich war wieder ganz Fluffer. Damit schaffte ich über fünfundvierzig Stundenkilometer. Das enstpricht in etwa der Spitzengeschwindigkeit eines 100-Meter-Läufers.

Leider sind Hork-Bajirs schneller.

Über Kurzstrecken war Jake allerdings noch schneller. Jedenfalls schnell genug, um die Hork-Bajirs abzuhängen, die uns wütend verfolgten. Aber er würde mich nicht im Stich lassen.

Jake machte kehrt und griff den ersten Hork-Bajir an.

Ich sah ihn über meinem Kopf fliegen, ein mächtiges Tier, orange und schwarz gestreift. Der Hork-Bajir schlug hart am Boden auf. <Weg hier, Rachel! Du bist zu klein, um gegen diese Brüder zu kämpfen.>

Aber da war mir noch ein Hork-Bajir auf den Fersen. Und er war schneller als ich. Zu schnell!

Ich duckte mich nach links. Der Hork-Bajir zischte an mir vorbei. Ich machte eine scharfe Kehrtwende, dass der Dreck unter meinen kleinen Pfoten aufspritzte. Der Hork-Bajir packte nach mir, griff aber daneben.

Noch etwas bewegte sich da. Etwas Großes. Der Boden bebte …

Eine zweite Planierraupe walzte auf ihren Panzerketten vorwärts. Marco und Cassie hatten noch eine Planierraupe gestartet!

Ich rannte auf den nächsten Rohbau zu. Ich musste hier weg und mich zurückmorphen. Die Zeit war um. In ein paar Minuten säße ich in der Falle!

Da sah ich ein dunkles Loch. Mit einem Satz sprang ich darauf zu. Das Loch führte unter eine Wand. Daran schloss sich ein niedriger Kellerraum an. Etwa einen halben Meter über meinem Kopf war eine Betondecke. Hier war ich

sicher. Sicher und mit ausreichend Platz, um in Menschengestalt zurückmorphen zu können.

Ich versuchte mich zu konzentrieren. Über meinem kleinen Betonbunker hörte ich Knurren und fremdartige Schreie, dazu das Dröhnen der Planierraupe. Ich glaubte auch das Britzeln von Draconstrahlen zu hören.

Ein Mensch, befahl ich mir. Werde wieder ein Mensch. Es bleiben dir nur Minuten!

Plötzlich spürte ich eine gewaltige Erschütterung. Dann noch eine. Und wieder. Man hätte meinen können, dass da ein Riese umherstapfte.

Der Riese war stehen geblieben. Ich erstarrte, unfähig auch nur zu denken, geschweige denn zu morphen.

Krrrach!

Rings um mich stießen Säulen aus steinhartem, schuppigem Fleisch in den Beton, jede so groß wie ein Baumstamm.

Krrrunsch!

Die Betondecke über mir wurde abgehoben. Beiseite gezogen, als wäre sie ein Blatt Papier.

Jetzt saß ich schutzlos in der Falle. Und über mir, die zertrümmerte Betondecke in ihrer mächtigen Hand, stand eine Bestie, die aus lebendigem Gestein zu bestehen schien.

<So leicht kommst du mir nicht davon>, sagte Visser Drei.

KAPITEL 22

Jetzt war alles aus. Ich war erledigt, so viel war sicher. Nichts auf der Welt konnte das Ungeheuer aufhalten, in das sich Visser Drei gemorpht hatte.

Er war sechs Meter groß, so hoch wie ein Telefonmast. Er stand auf drei wuchtigen Beinen, jedes so mächtig wie ein Mammutbaum. Der Kopf war winzig, nicht viel größer als der eines Menschen. Das hätte komisch wirken können, aber an dem, was er tat, war absolut nichts komisch.

Mit seinen beiden langen, gewaltigen Armen riss er lässig den Beton auf. Er stieß seine Finger in den Zement, zerriss ihn in Platten und warf sie über seine Schulter.

Eine davon traf einen Hork-Bajir und zerschmetterte ihn. Ich glaube nicht, dass Visser Drei davon auch nur Notiz nahm. Mit Sicherheit war es ihm egal.

Ich rannte los.

Rrumms! Eine der Riesenfäuste des Vissers krachte vor mir auf den Boden.

Ich hüpfte zurück und lief in die andere Richtung.

Rrumms! Wieder krachte eine Faust wie aus lebendem Felsgestein vor mir nieder.

Sogar die Katze in mir wusste – es war hoffnungslos.

Visser Drei starrte mit seinen winzigen, leuchtenden Augen aus diesem abnormal kleinen Kopf zu mir herab. Er griff mit beiden Händen nach mir, die er wie einen Wall um mich legte, um mir den Weg abzuschneiden.

K-R-R-R-A-A-C-H!

Visser Drei stutzte.

B-U-U-U-M-M!

Ich flüchtete.

Ich sprang auf eine Mauerkrone. Fast zwei Meter senkrecht in die Höhe, und ihr könnt mir glauben – so panisch, wie ich war, hätte ich noch höher springen können.

Aus dem Augenwinkel sah ich, was passiert war. Die Planierraupe hatte eine der Kampfdrohnen gerammt, die daraufhin explodiert war.

<*AAAAAAARRRRGGGHHH!*>, brüllte Visser Drei wutentbrannt. Die Hork-Bajirs und Taxxons, die die Planierraupe durchgelassen hatten, waren nicht zu beneiden.

Ich huschte die Mauerkrone entlang. Sie war aus Beton, voller Löcher und nur wenige Zentimeter breit. Das war eine viel größere Herausforderung als der Schwebebalken bei der Gymnastik. Aber ich rannte, so schnell eine sehr verängstigte Katze nur rennen konnte.

<Ich werde euch ALLE töten! IDIOTEN!>, kreischte Visser Drei.

Ich hatte gehofft, dass er mich einfach vergessen würde. Doch da hörte ich bereits das Donnern seiner Schritte. Mit zwei Sätzen hatte er mich eingeholt.

Seine riesige Hand kam auf mich zugesaust.

Bis zum Boden waren es drei Meter, und der Boden war übersät mit rostigen, verbogenen Metallteilen.

Ich hatte keine Wahl. Also sprang ich.

Das scharfe Metall kam auf mich zugeflogen. Visser Drei's Hand schnappte nach mir.

Etwas Scharfes bohrte sich in meinen Rücken.

Der Boden flog nicht mehr auf mich zu. Dafür sauste jetzt ich durch die Luft.

<Puuh, Rachel. Das nächste Mal, wenn du dich in eine Katze morphen willst, such dir bitte eine aus, die nicht so viel frisst!>

Tobias!

<Ich kann dich bis zu den Bäumen tragen, aber das war's dann>, sagte Tobias.

<Ich muss mich zurückmorphen>, sagte ich. <Meine Zeit ist um!>

Wir flogen zu den Bäumen. Tobias strengte sich an, uns in der Luft zu halten. Ich wusste, er war an der Grenze seiner Leistungsfähigkeit.

<Lass mich jetzt fallen!>

Wir hatten die Bäume erreicht, und Tobias ließ mich fallen. Ich segelte durch die Luft. Aber mein Schwanz drehte sich und hielt mich in perfektem Gleichgewicht.

Da, ein Ast! *Boff*! Meine Krallen gruben sich in die Rinde.

Ich war schon beim Zurückmorphen, als ich zu Boden fiel und auf weichen Kiefernnadeln landete.

Durch die Bäume konnte ich das riesige Monster wüten sehen, in das sich Visser Drei verwandelt hatte. Die wenigen Hork-Bajirs, die noch übrig waren, wurden wie Spielzeuge durch die Luft geschleudert und Taxxons unter seinen Füßen zerquetscht.

<Ich glaube, er flippt nur so aus, weil wir ihm entkommen sind>, sagte Tobias.

„Wie geht's Jake? Und den anderen?", fragte ich. „Haben sie's geschafft?"

<Alle wohlauf. Jake musste in Menschengestalt zurückmorphen, bevor er zum Tiger wurde. Deshalb hatte er kein Problem mit der Zeit. Marco hat seine Federn etwas angesengt gekriegt, aber es geht ihm gut. Cassie übrigens auch.>

Ich ließ mich zu Boden plumpsen. Ich war entkommen und hatte überlebt. Eigentlich hätte ich gottfroh sein müssen. Aber ich fühlte mich nur noch eins: todmüde.

KAPITEL 23

In unserer nächsten Gymnastikstunde war Melissa wieder mit von der Partie. Sie war am Leben und frei.

Ich benahm mich ganz locker, als ich in meinen Trainingsanzug schlüpfte und mich streckte. Aber ich schaute genau hin, als sie ihren Spind aufschloss und den Umschlag herauszog.

Sie öffnete das Kuvert und las den Brief, den ich ihr zugesteckt hatte.

„Melissa, dein Vater liebt dich mehr, als du ahnst. Und mehr, als er dir je wird zeigen können. Unterschrift: jemand, der es weiß."

Ich hatte ihn natürlich mit meinem Textprogramm ausgedruckt, sonst hätte sie ja meine Handschrift erkannt.

Vielleicht bildete ich es mir bloß ein, aber an diesem Tag schien sie im Training mehr bei der Sache zu sein.

Nachdem meine Mama mich abgeholt und heimgefahren hatte, traf ich mich mit den anderen. Seit der Schlacht auf der Baustelle hatten wir uns ein paar Tage lang nicht gesehen. Ich hatte das Gefühl, über einiges nachdenken zu müssen.

„Wie geht's Melissa?", fragte Cassie.

Ich zuckte mit den Schultern. „Ich hab ihr einen Zettel geschrieben." Dann erzählte ich ihnen, was draufstand. „Ich weiß, es ist schlecht wegen der Sicherheit, Jake. Und Marco, ich weiß, dass es sentimental war. Aber das ist mir egal. Chapman hat alles aufgegeben, um seine Tochter davor zu bewahren, zu einem Wirt gemacht zu werden. Ich musste was tun."

Jake nickte. „Ist schon in Ordnung. Vielleicht hilft's ja."

Cassie lächelte mich an und sagte, dass sie stolz sei auf das, was ich getan hatte. Marco verdrehte die Augen, hielt aber den Mund.

„Nun ja, wir haben eine Kampfdrohne der Yirks zerstört, Visser Drei nervös gemacht und …"

„… und sind lebend aus der Sache rausgekommen", beendete Marco den Satz.

„Ja, das auch", pflichtete Jake ihm mit einem Grinsen bei. „Das ist ja schließlich auch sehr wichtig."

„Nächstes Mal werden wir …", begann ich.

„*Nächstes* Mal?", rief Marco mit gespieltem Entsetzen.

<Es *wird* ein nächstes Mal geben>, sagte Tobias. <Und zwar solange, bis die Andaliten zurückkehren.>

Und es gibt ein nächstes Mal!
Im Band 3 „Die Begegnung"
Umblättern und reinlesen …

ANIMORPHS™

DIE BEGEGNUNG

Mit Rachel zu reden half. Ein wenig immerhin. Ich verbrachte die Nacht in meiner kleinen Schublade auf Jakes Dachboden.

Am nächsten Tag flog ich in der Gegend herum und wartete, dass meine Freunde aus der Schule kamen. In einigen Punkten war meine Lage, wie ich feststellte, gar nicht so übel. Zum einen gab's keine Hausaufgaben mehr. Außerdem konnte ich fliegen. Wie viele Normalokids schaffen fünfundsechzig Stundenkilometer im Horizontalflug und mehr als das Doppelte im Sturzflug?

Ich flog zur Küste und ließ mich von der Thermik tragen. Am besten ging das dort, wo die Klippen senkrecht aus dem blauen Ozean aufragen.

Im Gras entlang des Klippenabbruchs erspähte ich einige Beutetiere, ein paar Mäuse und Wühlmäuse, doch ich beachtete sie nicht. Ich war Tobias. Ein Mensch.

Jake hatte für diesen Abend ein Treffen für uns alle in seinem Zimmer vorgeschlagen. Tom, Jakes älterer Bruder, würde bei einem Meeting des Freundschaftsklubs sein.

Dieser Freundschaftsklub ist eine Tarnorganisation der Yirks. Angeblich ist er nur irgendeine Art Pfadfinderverein oder so was, doch sein wahrer Zweck ist die Anwerbung von freiwilligen Wirten für die Yirks.

Ich hab mir angewöhnt, die Armbanduhren anderer Leute aus der Luft abzulesen. Und wie ihr wisst, haben auch Banken manchmal Anzeigetafeln für Uhrzeit und Temperatur. Die sind ebenfalls nützlich.

Seltsam, was für Dinge man plötzlich vermisst, wenn man seinen menschlichen Körper verliert. Duschen zum Beispiel. Oder mal wieder so richtig ausschlafen zu können. Oder zu wissen, wie spät es ist.

Am Nachmittag flog ich zur Schule zurück. Ich bummelte in der Luft rum, bis der Unterricht aus war. Dann wartete ich, dass Jake, Rachel, Cassie und Marco rauskamen. Sie kamen nicht zusammen. Marco hatte erklärt, aus Sicherheitsgründen sei es schlecht für sie, wenn sie ständig zusammen gesehen würden.

Ich folgte dem Bus, in dem Jake und Rachel saßen. Sie waren fast Nachbarn und wohnten nur einige Häuserblocks voneinander entfernt. Marco wohnte in irgendeinem Apartementblock jenseits der Hauptstraße. Dort lebte er allein mit seinem Vater, seit seine Mutter vor einigen Jahren ertrunken war.

Cassie musste am weitesten fahren. Von den anderen bis zur Farm raus waren es knapp zwei Kilometer. Für mich war es ein Flug von zirka drei Minuten.

Wie ich bereits sagte: Flügel zu besitzen hat schon seine Vorteile. Ich finde echt, dass es meist ganz okay ist. Doch, wirklich.

Ich kreiste auf einer netten Thermik über Jakes Haus und wartete, dass er heimkam. Ich sah ihn aus dem Bus steigen und reingehen. Rachel konnte ich von dort, wo ich war, nicht sehen, weil Bäume die Sicht versperrten. Dafür sah ich Marco gerade mal eine oder zwei Sekunden lang.

Ich konzentrierte mich darauf, meine Freunde zu beobachten. Auf diese Weise nahm ich nicht so viel Notiz von den Eichhörnchen in den Bäumen. Oder von den Mäusen, die ihre kleinen Näschen aus ihren Löchern steckten und in die Luft schnupperten.

Nach einer Weile sah ich, wie Tom Jakes Haus verließ.

Tom sieht aus wie Jake, bloß ist er größer und hat kürzere Haare. Ich hatte Tom nie richtig gut gekannt. Aber es war jener verhängnisvolle Versuch, ihn aus dem Yirkpool zu retten, der dazu geführt hatte, dass ich in meiner Bussardgestalt gefangen saß.

Er schlenderte die Straße hinunter. Einen Block weiter hielt plötzlich ein Wagen und eine Tür ging auf. Er sprang hinein.

Los ging's zu seinem Treffen des Freundschaftsklubs.

Nach einer Weile sah ich die anderen, wie sie sich auf den Weg zu Jakes Haus machten. Rachel war leicht zu erkennen. Im Gehen trainierte sie für ihre Gymnastik: Sie lief auf den Bordsteinkanten und tat so, als wären es Schwebebalken.

Als alle da waren, flog ich durch Jakes Fenster nach drinnen. Es sollte nicht so aussehen, als ob ich die ganze Zeit untätig rumgehangen wäre.

„Das wird aber auch Zeit“, sagte Marco. „Wir warten hier jetzt schon ’ne Stunde oder so.“

Sie waren erst seit zwei Minuten da. <Ich bin ein viel beschäftigter Vogel>, sagte ich. <Ich hab zeitlich die Orientierung verloren.>

„Wir machen’s besser kurz“, sagte Cassie. „Mrs Lambert hat uns als Hausaufgabe aufgegeben, bis übermorgen einen Aufsatz zu schreiben, und ich hab meinem Papa versprochen, dass ich ihm bei der Freilassung von diesem Uhu helfen würde. Der war so gut wie hinüber. Er hatte sich auf eine Hochspannungsleitung gesetzt und war geröstet worden. Aber jetzt darf er wieder in die Freiheit. Wir haben ein Revier für ihn ausgesucht.“

„’n Freund von dir, Tobias?“, neckte mich Marco.

Die anderen warfen ihm alle böse Blicke zu. Aber ich empfand es als eigentlich ganz okay, von Marco geneckt zu werden. Marco neckt doch jeden.

<Wir Bussarde hängen nicht mit Eulen rum>, belehrte ich ihn. <Sie sind nachts aktiv, wir vorwiegend tagsüber.>

„Er ist ein schönes Tier“, sagte Cassie.

<Ich seh sie manchmal bei Nacht>, sagte ich. <Die sind erstaunlich. So cool. Total lautlos. Ihre Flügel machen null Geräusch. Da könnte einer zwei Zentimeter vor deinem Gesicht vorbeifliegen und du würdest es nicht hören.>

„Ähm, okay, hört mal, wenn Cassie gehen muss, sollten wir vielleicht so langsam mal besser zur Sache kommen“, sagte Jake.

„Ich muss auch bald los", stimmte Rachel zu. Sie schaute etwas verlegen. „Meine Gymnastikklasse gibt in der Einkaufspassage 'ne Vorführung."

„Oh, *da* komm ich hin", krähte Marco.

„Nein, das wirst du *nicht*", sagte Rachel giftig. „Keiner von euch lässt sich auch nur in der Nähe blicken. Ihr wisst, wie ich mich fühle, wenn ich bei so 'ner blöden Vorführung mitmachen muss."

Rachel gehört nicht zu den Leuten, die gern vor großem Publikum auftreten.

„Wir wissen jetzt, wie sich die Yirks mit Luft und Wasser eindecken", sagte Jake, bemüht, wieder zum eigentlichen Thema überzuleiten. „Wir wissen sogar, wo sie das tun. Und mehr oder weniger wissen wir auch wann. Diese Informationen sollten wir doch irgendwie nutzen können. Hat jemand 'ne Idee?"

Rachel zuckte mit den Schultern. „Wir suchen nach einer Möglichkeit, wie wir das Schiff zerstören können."

Marco hob die Hand wie im Unterricht. „Wie wäre es, öhm, wenn wir unser Gespräch über Vögel fortsetzen?"

Rachel überging seine Bemerkung, wie sie es meistens tat. „Hört mal, wir finden irgendeinen Weg, dieses Schiff zu zerstören, und vielleicht gehen den Yirks dann die Luft- und Wasservorräte aus. Das könnte vielleicht sogar bedeuten, dass sie aufgeben müssen und nach Hause fliegen."

„Möglich", sagte Cassie. „Vielleicht haben sie aber auch noch ein ganzes Dutzend dieser Schiffe über die ganze Erde verteilt. Wir wissen nicht, wie viele Schiffe sie besitzen."

„Dieses hier würde uns schon völlig genügen, wenn …“, begann Marco. Dann merkte er wohl, dass er im Begriff war, einen gefährlichen Vorschlag zu machen. „Ich meine … ach, nichts.“

„Was?“, fragte Jake schnell. „Was wolltest du sagen?“

Marco sah sich in die Ecke gedrängt. Er zuckte die Achseln. „Also gut. Nehmen wir an, dieses Schiff würde nicht gesprengt, pulverisiert oder sonst was. Was wäre, wenn beim Überfliegen der Stadt auf einmal seine Tarneinrichtung lahm gelegt würde?“

Wir schwiegen alle, während wir uns dieses Bild in Gedanken vorstellten. Plötzlich würden eine Million Menschen zum Himmel hochschauen und ein Raumschiff von der Größe eines Wolkenkratzers sehen.

„Das würden die Leute vermutlich bemerken“, sagte Jake.

„Oh ja, ganz bestimmt“, ergänzte Rachel. „Auch auf den Radarschirmen würde man es sehen. Eine Million Augenzeugen. Das könnten die Controller niemals vertuschen!“

<Die Leute würden es auf Video aufnehmen>, sagte ich. <Und Fotos davon machen. Und dann gäbe es noch die Radaraufzeichnungen.>

Jake grinste.

„Die ganze Welt würde zuschauen. Die gesamte Menschheit würde erkennen, was da abgeht.“ Er kam jetzt richtig in Fahrt. „Und *dann* könnten wir zu den Behörden gehen. Die Controller könnten uns nicht aufhalten! Wir könnten alles sagen, was wir wissen!“

Rachels Augen leuchteten. „Wir könnten sie über den Freundschaftsklub informieren. Und ihnen Chapman übergeben!“

„Und ihr glaubt, dass Visser Drei und seine Kumpane da einfach tatenlos rumsitzen werden?“, fragte Marco. „Wir haben keine Ahnung, wie viele Schiffe sie besitzen. Oder wie viel Macht.“

<Ihre Stärke reicht nicht aus, um die Erde offen anzugreifen>, erwiderte ich.

„Und woher weißt du das?“, fragte Marco.

<Weil sie aus ihrer Anwesenheit um jeden Preis ein großes Geheimnis machen. Man versteckt sich nicht, wenn man stark genug ist, den Gegner öffentlich anzugreifen.>

Eigentlich hatte ich von Marco irgendeinen bissigen Kommentar erwartet. Aber er nickte bloß. „Ja, stimmt.“

„Das könnte unsere große Chance sein“, sagte Rachel. „Dieses Schiff zu enttarnen, damit die ganze Welt es sieht.“

„Ich frage das nur äußerst ungern“, brummte Marco, „aber wie wollt ihr das anstellen?“

Diesmal gab Jake die Antwort. „Wir müssen ins Innere dieses Schiffs gelangen.“ Er blinzelte zu Marco. „Willst du wissen, wie?“

Marco schüttelte den Kopf. „Nicht unbedingt.“

„Durch die Wasserrohre. Wie Fische.“

Marco seufzte. „Jake, ich hab’s dir doch gerade gesagt, dass ich’s nicht wissen will.“

Rachel und Cassie sagten tschüss und trennten sich mit unterschiedlichem Ziel.

„Viel Spaß bei deiner Show", rief Cassie rasch noch Rachel hinterher.

„Ach, stimmt ja", murrte Rachel.

„Ich bin bald da", sagte Marco zu Rachel. „Fall nicht von irgendwelchen Schwebebalken, bis ich komme."

Rachel warf Marco nur einen ihrer *Du-bist-ein-toter-Mann-wenn-du-mir-in-die-Quere-kommst*-Blicke zu und verschwand.

Jetzt waren Marco, Jake und ich ganz unter uns.

„Sie fährt irgendwie voll auf mich ab", sagte Marco mit einem Augenzwinkern zu Jake und mir.

„Uh-uh", kommentierte Jake trocken. „Hör mal, Tobias, wenn wir diese Mission durchziehen wollen, dann frühestens am Wochenende."

<Warum?>

„Das Timing. Wir müssen morphen, um da hoch zu kommen. Es gibt keine Busse und als Menschen können wir nicht so weit laufen. Selbst in Wolfsgestalt dauert es noch lange. Beim letzten Mal brauchten wir über 'ne Stunde. Ich hab mir gerade gedacht, wir könnten vielleicht morgens dort raufgehen, irgendwo versteckt campieren und dann ab Nachmittag bereit sein, wenn die Yirks aufkreuzen."

„Und diesmal werden wir wohl einen Bogen um das Revier des anderen Wolfsrudels machen", erklärte Marco. „Ich will nicht noch mal mit denen zusammenrasseln."

Das klang vernünftig. <Stimmt. Wenn ihr also frühmorgens campieren wollt, muss es ein Samstag sein.>

„Jedenfalls wäre es sicher nützlich, wenn wir möglichst viele Informationen über die Gegend hätten." Jake sah mich nachdenklich an. „Deshalb hab ich mir gedacht ..."

<Ja>, unterbrach ich ihn. <Ich werde die Lage auskundschaften. Ich schau mich mal nach einem Versteck für euch um. Zeit habe ich ja viel an der Hand. Genau genommen zwar nicht an der Hand, aber viel Zeit.>

Marco und Jake lachten beide. Ich glaube, Marco war überrascht, dass ich einen Witz über mich reißen konnte.

Da bemerkte ich diesen intensiven Blick von Jake. Er fragte sich wohl, ob ich ganz in Ordnung wäre.

<Ich bin cool drauf>, sagte ich ihm vertraulich mittels Gedankensprache, sodass es Marco nicht hören konnte. <Ich bin nur etwas panisch geworden, als ich sah, wie ihr verzweifelt aus diesen Wolfmorphs rauszukommen versuchtet.>

Er zog eine Augenbraue hoch und nickte. Auch er war bestürzt gewesen. Das konnte ich mir lebhaft vorstellen. Wegen dieser üblen Geschichte hatten wir vermutlich schon 'ne Menge Albträume.

„Okay, also was jetzt?", fragte Marco. „Soll ich mich ins Einkaufszentrum schleichen, ohne dass Rachel mich sehen kann, oder sollen wir alle hier rumsitzen und Doom spielen?"

„Ich muss noch Hausaufgaben machen", sagte Jake. „Und glaub mir eines, Marco, wenn Rachel dich in der

Einkaufspassage Grimassen schneiden sieht, während sie am Schwebebalken turnt, wird sie sich in einen Elefanten verwandeln und dich platt machen."

Marco zuckte zusammen. „Erinnerst du dich noch an die gute alte Zeit, als das Schlimmste, was ein Mädchen einem antun konnte, ein Schwall von Schimpfwörtern war?"

Ich flog los und überließ die beiden ihren Videospielen, Hausaufgaben oder womit auch immer sie am Ende ihre Zeit totschlugen. Daran teilnehmen konnte ich so oder so nicht.

Das ist wirklich eine Schande. Mit meiner Sehschärfe und Reaktionszeit wäre ich wahrscheinlich der ganz große Champ bei Doom.

Joysticks und Kontrollfelder sind jedoch nicht für Klauen gemacht.

Ich hob ab in die Kühle des Nachmittags.

Eine Zeit lang trieb ich mich nur so herum. Ich überprüfte Chapmans Haus. Chapman ist unser stellvertretender Schulleiter. Und obendrein einer der ranghöchsten Controller.

Als wir dahinter kamen, dass Chapman einer von *ihnen* war, befahl er gerade einem Hork-Bajir, jeden von uns zu töten, den er gefangennehmen könne. Er solle nur unsere Köpfe zum Zweck der Identifizierung verschonen. Solche Dinge hört man ja nun gar nicht so gern.

Vor allem nicht von seinem stellvertretenden Schulleiter …